董玉叶◎编

长征路上的英雄事迹

CHANGZHENG LUSHANG DE
YINGXIONG SHIJI

江西高校出版社

图书在版编目(CIP)数据

长征路上的英雄事迹/董玉叶编. —南昌:江西高校
出版社,2016.4(2019.12重印)

ISBN 978-7-5493-4225-9

Ⅰ.①长… Ⅱ.①董… Ⅲ.①革命故事—作品
集—中国—当代 Ⅳ.①I247.8

中国版本图书馆 CIP 数据核字(2016)第 069529 号

出 版 发 行	江西高校出版社
社 址	江西省南昌市洪都北大道96号
总编室电话	(0791)88504319
销 售 电 话	(0791)88175897　88671179
网 址	www.juacp.com
印 刷	永清县晔盛亚胶印有限公司
经 销	全国新华书店
开 本	700mm×1000mm　1/16
印 张	8
字 数	120 千字
版 次	2016 年 4 月第 1 版
	2019 年 12 月第 7 次印刷
书 号	ISBN 978-7-5493-4225-9
定 价	22.00 元

赣版权登字- 07-2016-212

前　言

凡革命成功者，都会有一段传奇。

美国革命有福奇谷，当爱国的勇士为国家独立而战时，人人心中都会铭记一段传奇。在历经考验之后，华盛顿和他手下的军队成为一支铁军，一路向胜利走去。

法国大革命最终攻克了巴士底狱，而十月革命则攻占了冬宫。即便当时的巴士底狱中只关押了七个囚犯，而布尔什维克进入冬宫时，里面只有几个十多岁的少年和一些妇女把守，这些都不重要，重要的是，它们已经成为历史的重要一页，也被称为革命的象征。

对于中国来说，1934年开始的长征不仅仅是传统意义上的"征程"，也不是一场简单的战役，更不是一次简单的胜利。红军战士在绝境中置之死地而后生，从敌人的围追堵截中胜利逃脱。在这场无法看到尽头的大撤退中，红军战士在一次又一次的险境中，避开了失败，躲过了覆亡的命运。

本书讲述了红军长征的始末，再现了那一段艰苦的岁月，展现了红军战士钢铁般的意志和坚定如山的信念。在这里我们将看到红军战士和普通民众的鱼水情深，也将看到人民对红军和共产党的拥护和爱戴。

阅读本书，我们将知道，红军是一支"天下无敌"的队伍，红军是一支能克服一切困难的队伍，红军是一支创造奇迹的队伍。在长征的征途中，有很多可歌可泣的故事：草地上，小红军不骑将军的马，不吃将军的粮食，最后英勇牺牲；雪山上，军需处长为了把棉衣留给士兵，自己却冻僵了；沼泽地里，士兵快被沼泽吞没时，一旁的战士为了挽救战友的生命，自己却被永远地埋在了沼泽地里……爬雪山，过草地，上刀山，下火海，他们都完成了，因为他们有一个共同的目标——建立新中国。

新中国的成立走过了一段漫长而又艰辛的道路。在这条路上，涌现出无数的仁人志士为中华民族的复兴和崛起而抛头颅、洒热血，为建立新中国这一崇高的理想而英勇斗争。在这场波澜壮阔的历史变革中，我们看到无数英雄的身影，他们用坚强的意志铺砌了一条未来之路，他们以自己崇高的精神带领我们更好地走向未来。

长征，是洋溢着革命英雄主义和悲壮色彩的传奇，是震惊世界的伟大创举，是一种挑战生命极限的典范。当那些英勇的共产党人和工农红军经历九死一生走完两万五千里时，已经用自己的行动为中华儿女树立了一座不朽的丰碑。这丰碑宛如一颗启明星，永远为后代指引方向，让我们坚定地迈着正确的步伐前进。

长征是一段史诗，我们将通过书中的故事感悟先辈的奉献精神。希望本书能启迪青少年，增强青少年的爱国精神，把青少年锻造成有益于国家的栋梁之材。

目 录

第六章 长征中的伟人事迹

面对长征路上的千难万阻，所有革命战士之间大都会相互扶持，不论是名不见经传的小士卒，还是领导者。身为领导者，必然需要以身作则，为下属士兵做出良好的榜样。领导者亲切和善的态度能激励处于困境中的每一名革命战士，从而让更多的人坚定革命信仰，在革命道路上坚持前行。

第七章 民族情谊的绽放

得民心者得天下，人民的力量是决定最终胜利的关键。中共中央深知这一道理，因而即使在艰苦的长征路上，仍不忘关爱百姓、与百姓和谐相处。这样军民一家亲的局势，也使得党中央的政策深入人心，让百姓信赖红军、援助红军，在一定程度上缓解了红军所面临的军需问题，让红军有了继续北上的条件。

第八章　三军过后尽开颜

漫漫长征路，红军战士一步步走来，尽管艰难，但最终迎来了胜利。在红军北上的路途中，包座是北上的隘口，腊子口是通向甘南的门户，而吴起镇则是红军的目的地。因此，为了革命的胜利，为粉碎国民党的"围剿"，毛泽东部署和指挥了一场又一场战役，最终取得了会宁会师的成果，为党的下一步方针的实施奠定了基础。

第一章

革命的星星之火

二十世纪二三十年代的中国，风雨如晦。北伐战争取得胜利，蒋介石和汪精卫却背叛革命，开始大肆逮捕、杀害共产党员，中国革命也由此进入最危急的关头。但是，共产党人并没有被眼前的危险吓倒，他们掩埋了战友的身躯，擦去身上的血迹，拿起武器同国民党反动派进行了不屈不挠的斗争。

巍然屹立的井冈山 ▶

提起井冈山，想必大家都知道，它是中国革命根据地、国家 5A 级旅游景区、国家级自然保护区、全国红色旅游景区、世界生物圈保护区。当年毛主席就是在这个地方与其他部队胜利会师，也就是传说中的井冈山会师。

中国革命根据地井冈山

在近代，井冈山作为革命根据地而被世人所熟知，追溯更远的历史，对于井冈山这一名称的由来，却有着不同的说法。相传在清朝初年，一位名为蓝子希的人为了躲避战乱，举家迁徙到五指峰下的一块

001

小平地。因为这一地域四面环山，如同一口井，村前有条小溪经过，而客籍人把溪称为"江"，所以，这一地方被称为"井江"。再加上村庄依山向江而建，因此这个村子被称为"井江山村"。后来因为客籍人的口音"江"和"冈"是谐音，村子也被称为"井冈山村"。就是这一小小的地域，最后成为红军建立的革命根据地。

1927年10月，毛泽东、朱德、陈毅、彭德怀等老一辈无产阶级革命家，率领中国工农红军来到井冈山地区，创造了中国第一个农村革命根据地，开辟了具有中国特色的革命道路。从此之后，井冈山被世人所熟知，也由此被载入中国革命的史册，被称为"中国革命的摇篮"和"中华人民共和国的奠基石"。

从1927年10月到1930年2月，井冈山的斗争持续了两年零四个月，虽然时间不是特别长，却为中国开辟出了一条成功的道路，也为后人留下了宝贵的精神财富，也就是井冈山精神，其精髓为：一是坚定不移的理想信念；二是实事求是的思想路线；三是党管武装的基本原则；四是血肉相连的干群关系；五是艰苦奋斗的创业精神。

不管是中国革命的史册上，还是中国人民解放军的建军史上，井冈山都有着极为重要的地位。毛泽东和众多的红军战士，在开辟出来的井冈山革命根据地和敌人进行着艰苦的斗争，通过实践摸索，最终寻找到一条适合中国革命的道路，那就是"农村包围城市、武装夺取政权"。在此期间还进一步明确了"支部建在连上""执行三大任务"的重要制度；制定了人民军队都应遵守的"三大纪律六项注意"。之后，"三大纪律六项注意"得到进一步充实，最终完善成为我们现在所熟知的"三大纪律八项注意"，直到现在，仍然是中国人民解放军的行动准则。

黄洋界保卫战胜利纪念碑

从战争年代一直到现在，井冈山从红色革命根据地变成革命遗址。现如今，保存完好的井冈山革命旧址遗迹有 100 多处，其中 21 处被列为中国重点文物保护单位，6 处被列为省级重点文物保护单位，35 处被列为市级文明保护单位。井冈山成为中国爱国主义教育示范基地之一，也成为进行革命传统教育、爱国主义教育的最好课堂。

井冈山的红色文化作为井冈山精神的载体，是中华民族文化的经典所在。井冈山蕴含的精神内涵为创建井冈山革命根据地提供了最好的文化环境，为中国革命的胜利奠定了良好的文化基础。由此可见，井冈山红色文化不仅有显著的特点，更具备深远、重大的时代意义。井冈山丰富的文化内涵，让很多著名的文人墨客留下文字来赞扬、歌颂。

1928 年秋，毛泽东大笔一挥，写下了《西江月·井冈山》，诗中的字词显露出了大气磅礴的深邃内涵，从字里行间不难看出战争的艰苦卓绝。1928 年 2 月，彭德怀写下的《跃上井冈旗帜新》不仅抒写了那个时代所特有的最为激动人心的主题，同时显示出澎湃的热情，更反映出当时共产党人、工农红军、根据地人民共同的呼声和愿望。井冈山红色文化成为他们"坚定信念、艰苦奋斗、实事求是、敢闯新路、依靠群众、勇于胜利"的总和，凝聚了所有人的智慧,也传送了彼此之间的情感，体现了他们特有的风格。红色文化，不仅有效适应了现实斗争的需要，同时也为井冈山革命根据地的形成、壮大、发展起到了无法替代的作用。

第五次反"围剿"的失败 ▶

1930 年冬天，中国共产党召开六届三中全会之后，皖西地区党组织积极纠正了李立三"左"倾冒险主义错误。这时的蒋、阎、冯军阀混战中，蒋介石胜出，掌握了"围剿"红军的力量和时机。先后对革命根据地进行了五次"围剿"。

第二次国内革命战争时期，敌我双方的主要斗争形势为"围剿"和反"围剿"。蒋介石对革命根据地发动的第一次"围剿"以失败告终，不过，他并不甘心，又连续对中央革命根据地进行了三次大规模的军事行动，妄图消灭红军，摧毁革命根据地。在毛泽东的领导下，红军以游击战术取得了一次又一次反"围剿"的胜利。

1933年9月，蒋介石集结了一百万兵力，自认总司令，开始对革命根据地进行第五次"围剿"。蒋介石确立了"持久战"与"堡垒主义"相结合的战略和"以守为攻、合围之法"的战术。红军的斗争形势非常严峻，敌人在紧锣密鼓准备"围剿"工作时，临时中央政府做出了一系列决定，决定红一方面军实行分离作战，一部分组建东方军入闽战斗，另一部分组成中央军在赣江、抚河间进行斗争，创造会攻抚州、南昌的条件。这种战略战术，使得红一方面军东方军十分疲惫，而中央军却没有用武之地，如此一来，红一方面军无法集中优势兵力击打敌人，反而丧失了反"围剿"的准备时间。

面对国民党军采取"堡垒主义"新战略和重兵进攻，中共临时中央领导人博古等人认为，这次反"围剿"战争是一次关键性的决战。在军事方面，拒绝和排斥红军历次反"围剿"实行的重要方针政策，继续实行"左"倾冒险主义的战略指导方针，企图通过阵地战、正规战来制服敌人。这时，李德作为共产国际派来的军事顾问，直接掌握着第五次反"围剿"的军事指挥权。在国民党"围剿"红军之前，未能及时有效地组织军民做好反"围剿"的准备，而是让红军主力不断进攻，红

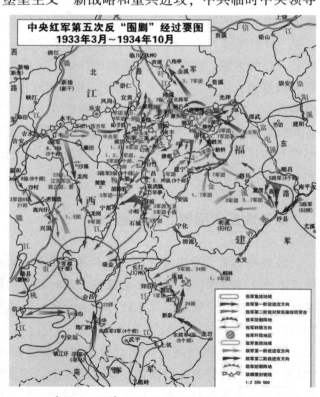

中央红军第五次反"围剿"经过要图

一方面军主力在连续不断的作战中，无法得到补充，仓促开赴中央苏区迎战国民党军队，从而在蒋介石重新发动的进攻面前遭受到严重的损失。4 月中旬，国民党军队集中优势兵力进攻中央苏区的北大门广昌。"左"倾错误领导不顾敌强我弱的实际情况，调集红军主力同敌人"决战"。经过十八天的浴血奋战，部队遭受重大伤亡，广昌最终陷落。7 月，在敌人新的进攻面前，红军却分散兵力进行全线防御。10 月初，兴国、宁都等相继失陷，中央根据地逐渐缩小。红军在根据地内粉碎敌人"围剿"的可能性已经完全丧失，中央红军主力被迫进行战略大转移。10 月中旬，中共中央机关和中央红军八万多人从中央苏区撤离，踏上了向西突围的征途，著名的红军长征由此开始。

红军主力之所以能够得以保存和顺利转移，其中还有一个小故事。1933 年 9 月底，蒋介石精心策划的军事会议在庐山的牯岭秘密召开。会议部署了第五次"围剿"的重大军事行动。会议在蒋介石的首席军事顾问、德国人赛克特的策划下，制订了一个名为"铁桶计划"的战略方案：确定以瑞金为最终目标，各参战部队在指定时间、指定地域，从四面八方向前推进，形成半径距离瑞金 150 公里的大包围圈，并在瑞金四周架起 30 道铁丝网、30 道火力封锁线，以防止红军突围。

庐山牯岭会议遗址

不过，让蒋介石万万没想到的是，会议结束后的当天晚上，"铁桶计划"的全部材料就到了共产党人的手中。要知道，"铁桶计划"的文件差不多有一公斤之重，每一份地图、表格的封面上，都印着蓝色的"绝密"字样，领取这些文件都按照收件人编号签字来进行，手续非常严格。为什么计划会在如此严密的情况下得以泄露？不得不提到一个人，那就是莫雄。

莫雄曾经是孙中山同盟会的一名中坚分子，素来为人正直，而且极富正义感，中央特科有意争取他，莫雄也有意为共产党工作。所以参加了庐山牯岭军事会议后，待会议一结束，他就下了山，经过反复思量，甘冒杀身之祸，毅然决然地把"铁桶计划"的全套材料交给了共产党，情报被及时送到了瑞金。在这万分危急的时刻，中央发布了战略转移的命令。10月10日，中央主力红军八万余人开始了长征，敌军前锋开到了瑞金城外才知道红军主力已经转移。

漫漫长征路究竟有多长 ▶

提到长征，我们首先想到的是一路上的艰苦和沿途的恶劣环境，除此之外，更多人想的是，漫漫长征路究竟有多长？

1934年10月10日夜，中共中央和红军总部从瑞金悄悄出发，率领红一、三、五、八、九军团连同后方机关总共八万余人进行战略大转移，向湘西地区进发，由此开启了悲壮、前途未卜的漫长征程。

从1934年10月16日红军在江西渡过于都河，一直到1936年10月红军三大主力会师，中国工农红军从江西辗转到了陕北，历经两年时间，行程达万里，途中经历了无数次的激烈战斗，基本上平均每天都会经历一次遭遇战。一路上行军368天，而剩下的一百多天都是在战争中度过。美国著名记者斯诺做了相关统计：红军一共爬过了18条山脉，其中的5条山脉被冰雪覆盖，渡过了24条河流，经过了12个省份，占领了62座城市，突破了多个地方军阀组织的包围，另外，还打败或躲过多处追击的国民党中央军。

平均每天行军35.5公里，一支庞大的军队以及其所携带的辎重，要在险峻的地带一直保持这样的平均速度，在很多人看来简直就是不可能完成的事情，所以说，红军创造了一个奇迹。

纪念红军过雪山的雕像

2002 年 10 月 16 日至 2003 年 11 月 3 日，英国的两个年轻人用了 384 天重走长征路，并且声称长征没有过去所说的二万五千里那么长，他们一路上都用 GPS 做了精确的测量。他们认为红军长征走了不到 6000 公里，消息一经发出就引发了轩然大波，几十年前，长征的红军究竟走了多少路？

一般情况下，人们把"长征"与"二万五千里长征"等同，《辞海》也把"长征"一词解释成"二万五千里长征的简称"，《现代汉语词典》等也认为"长征"就是指"中国工农红军的二万五千里长征"，这些都是不准确的。

从历史来看，在土地革命战争后期，先后进行长征的红军部队一共有四支队伍：

第一支是中央红军（后来的红一方面军），1934 年 10 月 10 日从江西瑞金等地出发，1935 年 10 月 19 日到达陕西吴起镇，整个行程为二万五千里。

第二支是红二十五军，1934 年 11 月 16 日从河南罗山何家冲出发，于1935 年 9 月15 日到达陕西延川永坪镇，同陕甘红军在此胜利会师，合编为红十五军团，行程将近万里。

第三支为红四方面军，于 1935 年 5 月初向岷江地区西进发，于 1936 年

10月9日到达甘肃会宁，与红一方面军胜利会师，总行程为一万多里。

第四支为红二、六军团，于1935年11月19日从湖南桑植刘家坪等地出发，1936年10月22日最终到达会宁以东地区，与红一方面军胜利会师，行程为两万多里。

这四支红军部队在进行战略转移时，起始时间、地点并不相同，行程也大相径庭。从中不难看出，四支长征队伍的总行程约为六万五千里，而这里所说的"二万五千里"不过是其中的一支——红一方面军的基本行程。

很快，"二万五千里长征"引起中外各界人士的广泛重视，中共中央也对这一说法给予了充分肯定。11月13日，中共中央首先明确宣布了红军长征"二万五千里"的结论。紧接着，在11月28日，中共中央在《抗日救国宣言》中也明确指出："……红军主力，经过二万五千里的长征，历尽艰辛北上抗日。"

由此不难看出，"二万五千里长征"这一说法是经过计算并负责任地向国内外宣布的，绝非虚构。"二万五千里长征"这一说法得到更多人的肯定，

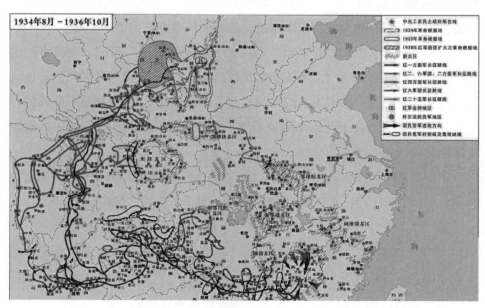

中国工农红军长征路线图

"长征"也成为"二万五千里长征"的代名词。除此之外，"二万五千里长征"逐渐成为追求理想与光明的精神象征，于是有了"苦不苦，想想长征二万五"的俗语，而长征精神也激励着每一个知道这段历史的中国人。

吃水不忘挖井人 ▶

我们经常听到"饮水思源"这一词语，不过，很多人不知道的是，这一词语来自南北朝时期文学家庾信。相传他非常怀念故土，因此创作了"落其实者思其树，饮其流者怀其源"的诗句。而在艰苦的战争年代，也有"吃水不忘挖井人"的说法，警示世人要学会感恩，不能忘本。

沙坝村是一个干旱的村庄，究竟干旱到什么程度，有这样一首民谣能告诉我们答案："沙洲坝，沙洲坝，三天不下雨，无水洗手帕。"不过，当地人却不敢挖井，认为挖井会破坏当地的好风水，所以，即便非常干旱，没有水喝，也没有哪家敢擅自挖井，要用水只能到村外的池塘。所以，村外也有人说"沙洲坝，沙洲坝，三天不下雨，无水洗手帕，旱死老鼠渴死蛙，有女莫嫁沙洲坝。"沙坝村的干旱与贫穷可见一斑。

1933年4月，中央临时政府迁到沙坝村，毛泽东就住在这里。一天，毛主席看见一个老乡挑着水往家里走，但是让他奇怪的是水非常浑浊，于是，毛主席好奇地问："老乡，这水挑来要做什么？"老乡回答说："用来吃的！"毛主席非常疑惑："水这么脏，能吃吗？"老苦笑着说道："没办法，再脏的水也得吃呀！"毛主席接着问道："这水是从哪里挑来的？"老乡答道："从那边的塘子里挑来的。"于是，毛主席让老乡带着他去看看。走了一会儿，就看到一个不大的水塘，里面杂草丛生，满池塘的水污浊不堪。事后才知道，全村人洗衣、洗菜、吃水全部都用这里的水。毛主席非常关切地问："能到其他地方挑水吃吗？"老乡摇了摇头，说："我们沙洲坝缺水，想要吃到干净的水得走好几里的山路。"毛主席听后皱了皱眉头，若有所思地走了。

第二天，毛主席找到村里的人，商量挖水井的事情，当知道他要为当地挖一口井时，有人摇头说："都说地下住着一条旱龙，挖得再深也是挖不出水来的。"毛泽东听了之后，哈哈大笑道："迷信可不能相信，这井我来挖，要是真有龙的话，让他来找我好了。"大家听后都被逗乐了。在毛主席的带领下，大家开始积极勘探，确定好井的位置后，毛主席就带领大家热火朝天地挖了起来。大家挖的挖，铲的铲，每个人都非常卖力。在挖井的日子里，毛泽东和中央其他的领导人也全部到工地参加劳动。经过十几天的艰苦奋战，水井挖成了，沙洲坝的人们终于喝上了甘甜清澈的井水，当地群众都非常激动："我们从来都没喝过这样清甜的水。"

毛主席爱民挖井的行动给苏区干部树立了良好的榜样，中央各地机关、驻地村民也都纷纷挖井取水。从此以后，沙洲坝结束了饮用不干净塘水的历史。

1934年10月，红军离开瑞金进行长征，国民党反动派卷土重来，多次填井。当地人民和敌人展开斗争，敌人白天填井，村民晚上再次挖开井。在这来来回回中，沙洲坝人民取得了最终的胜利。

1951年，为了欢迎毛主席派来的南方老革命根据地慰问团，沙洲坝人民全面整修了这口水井，并命名为"红井"，井旁边还树了一块木牌，上面写着十四个赤金大字"吃水不忘挖井人，时刻想念毛主席"，之后又把木牌换成了石碑。

具有纪念意义的红井

　　毛泽东为沙洲坝群众挖水井的事情也被编入小学的语文课本，学生通过阅读《吃水不忘挖井人》这篇课文，从中感受到领袖对普通民众的深厚情谊。现如今，"红井"享誉海内外，成为人们仰慕的圣地，来到这里的人们都会看看这口"红井"，重温当年毛主席打下这个水井时所包含的深情。不但如此，一曲《红井水》也传唱大江南北，成为一道让人无法忘却的旋律，"红井水哟，甜又清……"甘甜的红井水，滋养着一代又一代儿女。

大部队离开了瑞金 ▶

　　长征作为中华民族历史上的一座里程碑，是一个特殊的存在，而作为长征起始点之一的瑞金，对中国也有着不一样的意义。

　　瑞金是闻名中外的红色故都、共和国摇篮、苏区时期党中央的驻地，同时也是中华苏维埃共和国临时中央政府的诞生地、中央红军长征的出发地。瑞金在中国革命历史上是光辉的一页，也是孕育革命种子的摇篮。

　　九一八事变之后，中国共产党主张积极抗日，而国民党蒋介石则为了一己之私依旧坚持"攘外必先安内"的反动政策，企图把共产党完全消灭。国民党发动第五次"围剿"时，当时的中央政府就设在瑞金。在"左"倾冒险主义的错误领导下，中央苏区第五次反"围剿"最终失败。面对疯狂进攻的敌人，为了保存宝贵的革命火种，中央红军被迫走上了长征之路，正是抱着"星星之火，可以燎原"的信念，红军在毛泽东的领导下最终从反"围剿"的不利形势中走了出来。

　　1934年10月中旬，瑞金附近的一个村庄里驻扎着红一师师部。经过几年的共同生活，军队和根据地人民已经结成了水乳交融、血肉相连的鱼水之情。当红一师决定撤离苏区时，来不及和当地群众告别，甚至有些干部来不及通知自己的家属。而苏区人民群众也凭借多年的斗争经验得知，红一师的这次转移并不是一般的战斗转移，所以，他们听到这一消息后，都从四面八方赶来，站在村口、路旁为红一师送行。很多人都跟着队伍往前走，还一面把准备好的鸡蛋、糯米团装到战士们的口袋里。还有一些老乡拉着战士的手问："什么时候回来?"更有的人止不住"呜呜"地哭了起来。

这时,大家心里都非常难受,都为红军离开中央苏区之后人民群众的安全而担忧,很多人泪流满面地和乡亲们依依惜别。部队走出很远了,群众都没有散去。

当时,离开瑞金的队伍成员非常混杂,包括了各个阶层,不仅有社会各个阶层,还有党内的各个阶层,不过因为安排合理,再加上正确撤退策略的指导,所以整个撤退工作有条不紊。

这次大撤退在很多文学作品中都有体现,如诗歌、小说、传记等。萧华曾经写过一首关于长征出发时告别革命根据地的诗,名为《告别》,诗中写道:

红旗飘,军号响。子弟兵,别故乡。王明路线滔天罪,五次"围剿"敌猖狂。红军急切上征途,战略转移去远方。男女老少来相送,热泪沾衣叙情长。紧紧握住红军的手,亲人何时返故乡?乌云遮天难持久,红日永远放光芒。革命一定要胜利,敌人终将被埋葬。

部队离开瑞金时村民送别的情景

在长征刚开始时,这位将军一想到那些为革命献身的战士们,就会整夜睡不着觉,于是起身创作诗歌。通过诗歌内容,我们能清楚地感受到红军在离开刚刚建立不久的革命根据地时的那种依依惜别之情。

红军长征就如同一场一去不返、永不回头的英勇行动,根据地的男女老少对即将离开的红军依依不舍,从中不难看出,红军无论是建立革命根据地还是进行长征，都有充分而扎实的群众基础，这也是红军能克服之后各种艰难险阻的重要因素之一。

在红军长征和第二次土地革命期间，有五万多瑞金儿女为了革命而牺牲，他们在第一线英勇作战，可以说，没有瑞金也就没有今天的北京。现如今，瑞金作为爱国主义教育和革命基地而闻名，成为红色精神的代表之一，也是人们向往的革命圣地。

中华苏维埃共和国临时中央政府遗址

克服自然界的险阻

从 1934 年 8 月到 1936 年 10 月，中国工农红军突破数十万国民党的层层包围和封锁，进行了二万五千里长征。在长征途中，他们斩关夺隘，抢险飞渡，杀退了千万追兵，翻越了杳无人烟的雪山，跋涉了危险重重的大草地，用其坚定、乐观的革命主义精神谱写了一首首荡气回肠的革命之曲。

强渡嘉陵江 ▶

1934 年，红四方面军胜利结束了川陕苏区的反六路围攻战役。但是，经过长期战争，整个苏区已是满目疮痍，到处是残垣断壁和荒芜的土地，无法生存的人们只得流离失所，远走他乡。面对这样的情况，10 万红军又该何去何从，如何应对国民党的下次"围剿"呢？

摆在红四方面军面前的只有两条路，北上或者南下。北上，就是去陕甘地区，那里人烟稀少，经济条件差，国民党的力量也相对比较薄弱；南下川南，那里人们生活富足，可以为红军提供一定的经济帮助，当然那里的国民党力量也比较强大。经过权衡，红四方面军决定北上陕甘，并在那里成立苏区。就在此时，红四方面军接到中共中央和中央红军的来电，要求红四方面军南进，以策应中央红军北渡金沙江。

这个消息对红四方面军来说，无疑是个好消息，这意味着红四方面军终于要结束孤军奋战的局面。所以，当时的红四方面军领导人张国焘决定放弃北上，西渡嘉陵江，策应中央红军北上。

嘉陵江发源于陕西凤县的嘉陵谷，沿途多为崇山峻岭、悬崖峭壁，十分险峻。嘉陵江的两岸还驻扎着川军邓锡侯、田颂尧部共 53 个团，防线长达600 余里。红军想要渡过嘉陵江简直是难上加难，必须做好万全的准备。

发源于陕西凤县的嘉陵江

为了牵引和迷惑敌军，为红军强渡嘉陵江创造条件，1935 年 2 月，徐向前率 12 个团红军展开了陕南战役，只用了十几天的时间就连克宁强、勉县和阳平关等地，歼敌 4 个多团，造成川陕轰动。3 月，红四方面军全军向嘉陵江边移动，连战苍溪、仪陇等地，歼灭川军 5 个团，占领了北起广元，南至南部的嘉陵江东岸地区。

在嘉陵江边，徐向前详细观察了这里的地形后发现，这里虽然驻扎着许多敌军，但他们防线拉得太长，兵力势必被削弱。而且，这里前山陡峭，后山则坡道比较缓，草深林密，很适合隐蔽。目前，最主要的问题就是如何渡江，所以搭建一座船桥就变得尤为重要。最终，红军将船厂设在 30 里外的王渡场。从外看这里是一片茂盛的树林，走进去才发现里面有大片空地，是非常隐蔽和理想的造船地点。

为了早日造好船，所有官兵一起上阵，还有许多自发前来帮忙的百姓，日夜赶造，为了帮红军造船，许多老百姓还捐出了家里的桐油，为工地照明。就这样，经过军民共同努力，奋战 1 个多月，终于造出 100 多条船。红军战士们又和群众利用夜暗肩扛手推，将这些舟桥从高山上运到了渡江地点，完成了渡江的一切准备工作。

为了强渡嘉陵江，徐向前制订了详细的强攻计划。1935年3月28日夜，红四方面军强渡嘉陵江战役开始，263团突击队就像矫捷的猎豹，先悄悄靠近对岸，然后突然发动攻击，打得毫无防备的敌人措手不及，所以，红军只用很短的时间就压制了敌人的火力，为部队提供了宝贵的登陆时间。

与此同时，徐向前和红四方面军总部也迅速过江，与剑门关的敌人展开了激烈的对抗，在敌人一直吹嘘的"固若金汤"的防守下，红军成功占领剑门关，激战到傍晚，剑门关上升起了红旗，守军3个团被全歼。

红军攻克的剑门关

剑门关被攻克后，红四方面军的部队联成一体，全力向西猛攻，经过8天浴血奋战，控制了400余里的嘉陵江西岸地区。随后徐向前指挥红四方面军马不停蹄、兵分四路对敌人穷追猛打，在江油设立埋伏圈，并成功将邓锡侯的救援军全部引入伏击圈，红四军和三十军八八师联合奋战，连续击退敌人的进攻。战斗一直持续到了傍晚，川军溃逃而去，红军乘势进攻，占领了江油。

在江油激战的同时，红四方面军各部不断发起进攻，全线攻至涪江流域。至此，规模浩大的强渡嘉陵江战役结束。红四方面军战斗24天，攻克县城9座，歼敌12个团10000余人，打开了与中央红军会师的有利局面。

强渡湘江，血染湘江 ▶

　　在共产党与国民党长达 20 多年的交锋中，湘江战役必须提及，可以说这是一场没有赢家的战役。对于红军来说，这几乎是一次灭顶之战，投入大量人力财力的国民党也没有看到预想的结果。

　　1934 年 11 月中旬，中央红军跨越了敌人的三道封锁线，先后进入嘉禾、兰山、临武地区。此时，蒋介石才明白红军转移的真正目的地，所以，他任命何健为"追剿军"总司令，调动湘军和桂军，设置了第四道封锁线。同时，蒋介石亲自率领国民党中央军在后面追击，此时的蒋介石踌躇满志，在他看来，消灭红军犹如探囊取物，这次肯定能将红军全部歼灭在湘江、潇水之间。

　　11 月 20 日，红军的一支部队占领了湘南的江华地区，见此情景，白崇禧不愿与红军硬碰硬，削弱兵力，防止红军进入本省或被蒋介石吞掉，所以就借口兵力不足，不能阻止红军南下进广西，在 11 月 21 日突然撤兵，在湘桂军阀联合防守的湘江防线上形成了一个大的缺口。而何健也为了自保，不肯尽快派兵南移接防，致使这 130 里防线无兵防守达 7 天之久。

见证中国革命的湘江

　　对于红军来说，这是一个千载难逢的机会，可惜却错过了。直到 11 月 25 日，中央军委才下达强渡湘江的命令。最先到达界首的是红一军团，于 11 月 27 日到达此地，直接占领这一渡口，继而控制了界首以北 30 公里的湘江两岸。这时军委纵队也到达了离渡口不到 80 公里的灌阳以北的桂岩地区。

　　在这场战斗中，最关键的就是时间问题，如果能把行军速度控制在有利的时间范围内，就能赢得先机，成功突破第四道防线也不是不可能。可是，十万火急的命令一道接一道，但中央军委纵队就是无法加快行军速度。第一天走了8公里，第二天走了6公里……足足用了四天，才走到湘江边。与此同时，最高三人团最初打算把整个苏区全部搬到湘西去，所以在突围前他们雇了几千名挑夫，绑了三千多副挑子，组成了庞大的运输队，兵工厂拆迁一空，就连庞大笨重的石印机都舍不得丢弃，这样的队伍在山间行走，速度又怎么能快呢？

　　11月29日，湘军和桂军蜂拥而至，对正在渡江的红军发起了猛烈的攻击。岸边的红军战士为了掩护党中央安全过江，与敌人展开了激烈的战斗。这是一场极为惨烈的战斗，许多未来得及修筑防御工事的红军战士被身边的炮弹震昏、耳鼻出血。在武器装备上丝毫不占优势的红军战士最终不得不靠血肉之躯来抵挡敌人飞机和大炮的狂轰滥炸，战争的惨烈可想而知，就是在这种情况下，"保卫中央纵队安全渡江"的口号仍回响在阵地上空。

　　12月1日，战斗达到了白热化程度，敌人开始对我方发动全面进攻，意图将红军全部歼灭。这已经不是一场简单的战斗，而是双方精神和意志的较量。狭路相逢勇者胜，红军虽然在人员和装备上处于劣势，但是那种不屈不

悲壮的湘江之战

挠的精神却让敌人闻风丧胆。没有子弹就用刺刀，没有机枪就近距离肉搏。战场上，随处可见倒下的红军战士，就算到了生命最后一刻都紧握武器，死不瞑目。就这样，红军将士硬是用刺刀打垮了敌军整连、整营的进攻，当天傍晚，中央机关和红军大部队终于渡过湘江。

湘江战役是中央红军突围以来最壮烈也是最关键的一仗，经过几天的浴血奋战，终于撕开了敌军重兵设防的封锁线，也彻底粉碎了蒋介石围歼红军于湘江以东的企图。

红军虽然突破了第四道封锁线，但也为此付出了巨大的代价。三十四师被敌人重重包围，全体指战员浴血奋战，直到弹尽粮绝，绝大部分同志壮烈牺牲。经过湘江一战，中央红军和军委两纵队，已由出发时的 8.6 万人锐减到 3 万人。

湘江一战，让红军遭遇了有史以来最严重的一次损失，经过这场战役，证明了"左"倾教条主义军事路线的错误，也让广大红军指战员对王明路线的怀疑、不满以及积极要求改变领导的情绪，达到了顶点。

巧渡金沙江 ▶

巧渡金沙江体现了红军在二万五千里长征途中的生存智慧，他们以少量的兵力拖住了敌人的大量兵力，使得当时的红军在战略方面由被动变为主动，为保存红军主力做出了巨大贡献。这是红军以少胜多的典范，体现了当时的革命领导人高超的指挥艺术和先进的指挥思想。

"红军不怕远征难，万水千山只等闲……金沙水拍云崖暖，大渡桥横铁索寒。" "金沙水拍云崖暖" 说的是 1935 年红军在凉山州会理县渡过金沙江天险，由滇入川北上的情形。金沙江位于长江的上游，穿行在川滇的峡谷之中。金沙江两岸地势险要，江面水急浪大，横渡金沙江在许多人看来几乎是不可能的，但当时红军正处于危险时刻，渡过金沙江成为红军一条艰难的生路。在此情况下，部队领导决定排除万难，巧渡金沙江。

1935 年 4 月 28 日，蒋介石下令封锁金沙江，捣毁渡船，控制渡口，一定要把红军拦截在金沙江以南。1935 年 5 月 3 日，军委干部团的同志们接受了抢夺皎平渡的任务。他们当天夜晚就来到了金沙江边，天无绝人之路，正

暗潮涌动的金沙江

当红军将士发愁如何渡过金沙江时，他们在河边找到一个小船，这条船是敌军探子来对岸视察情况用的，探子不见了踪影，却把船留了下来。后来他们又在农民的帮助下，乘坐这条船到达北岸。横渡金沙江，正常情况下一个来回需要 40 分钟，仅靠 1 艘小船把红军全部运送到金沙江北岸需要一个月的时间。在当地渔民的帮助下，战士们又找到了 6 只船，并联络当地 37 名船工运送战士渡江，就这样，红军用了九天九夜的时间靠这 7 只小船渡过了金沙江。

两天后敌人到达金沙江南岸时，红军早已经远走高飞了。无论是说巧渡金沙江还是强渡金沙江，都没有错，在整个渡江过程中没有战争，没有死亡，全部人马高效有序地过江，不可谓不是个奇迹。巧渡金沙江充分显示了广大官兵的智慧和能力。为了巧渡金沙江，红军首先派遣兵力前往昆明迷惑敌人。在扰乱敌人的部署后，军队又以急行军的速度返回金沙江，并偷渡成功，牢固地控制渡口，为大部队渡江创造了条件。

巧渡金沙江，在战术上使用了声东击西的策略，扰乱了敌人的视线，为部队转移争取到了宝贵时间。接着又在行军途中伪装成敌人迷惑敌军，有效地保存了我方的力量。最后，果断利用敌人最薄弱的环节，顺利渡江，不费

巧渡金沙江纪念碑

一兵一卒获得了宝贵的渡江工具，并最终实现渡江北上，取得战略转移中具有决定意义的重大胜利，这是毛泽东高超指挥艺术的生动体现，使红军以少胜多，变被动为主动的光辉典范！

巧渡金沙江粉碎了蒋介石的川滇计划，是红军长征中一次精彩的军事行动，也是毛泽东思想的一次伟大胜利，为红军冲出敌人的包围圈，为长征的顺利完成奠定了基础。5月12日，中共中央讨论了渡江的结果，对林彪等怀疑中央正确指挥、反对机动作战的错误进行了严肃批评。周恩来对毛泽东这一时期的军事指挥艺术大加赞扬，认为其在敌人重兵前堵后追的危急情况下，采用兜大圈子的办法，四渡赤水，两进遵义，甩掉了敌人，顺利地渡过金沙江，以机动战摆脱敌人重兵包围的方针是完全正确的。

曾经有人用这样的诗句描写巧渡金沙江的过程："长江天堑浪滔滔，北上雄师志气豪；回顾追兵数百里，从容巧渡乐呵呵。"从中可看出诗人对红军英勇气概的赞叹。毛泽东也有关于红军巧渡金沙江的诗句，"金沙水拍云崖暖"，表达了渡过金沙江后红军的喜悦。巧渡金沙江对于后来的长征起到了很好的引导作用，是战争的典范之一，也是长征路上最有智慧的一场战斗。试想红军连金沙江这样的艰难都不怕，对于敌人又有什么可畏惧的呢。

翻越夹金山 ▶

夹金山位于四川省阿坝藏族羌族自治州小金县南部，与著名的四姑娘山风景区毗邻，距成都 250 公里。翻过夹金山后，中国工农红军红一方面军与红四方面军胜利会师，夹金山从此被载入中国革命的光荣史。

1935 年，红军队伍在强渡大渡河之后，为了尽快摆脱国民党的拦截，与红四方面军会合，只好选择了一条危险、人烟稀少、自然条件差的路线——翻越夹金山。长征途中红军共翻越了九座雪山，夹金山是中央红军翻越的第一座雪山。夹金山海拔 4000 多米，全山上下都是白雪和缭绕的云雾，积雪终年不化。为做好翻越雪山的最终工作，红军边做休整边对这里的情况进行调查。当地百姓听说大部队要翻越夹金山，都觉得不可思议。因为在当地人的眼里，夹金山是神山，只见

人迹罕至的夹金山

有人上去，却不见其归来。当地流传着一首民谣："夹金山，夹金山，鸟儿飞不过，人不攀。要想越过夹金山，除非神仙到人间!"就是对其恶劣环境的真实写照。

在翻越夹金山之前，宣传战士一遍又一遍地向战士介绍过雪山的具体事项，他们还把过雪山的注意事项编成顺口溜，便于战士牢记。

想要翻越夹金山，战士们第一个要克服的就是缺氧问题。许多战士因为缺氧，头痛欲裂，甚至无法睁眼。当时正值夏天，雪山上气温忽高忽低，战士们身着单衣，脚穿草鞋，在这种情况下，想要翻越雪山困难重重。虽然正值六月，明晃晃的骄阳却没有给战士带来一丝温度，反而让脚下的冰雪更加

耀眼，晃得战士们睁不开眼，有许多战士因此得了雪盲症，只好让人领着下山。

毛泽东的女儿李敏在回忆文章中写道："6 月 17 日（应为 14 日）的早晨，爸爸喝完一碗热气腾腾的辣椒汤，穿上夹衣夹裤，手持木棍，沿着前面部队走出的又滑又陡的雪路，向海拔 4000 多米的夹金山顶攀登。他把马让给体弱有病的女同志骑，爸爸说：'多一个同志爬过雪山，就为革命多保存了一分力量。'爸爸见一位同志坐在雪地里休息，就对他说：'你坐在这里是非常危险的。来，我背你走。'爸爸的话音未落，他的警卫员抢先背起那位同志，爸爸就帮着、扶着走向山顶，终于翻过了大雪山。"

像这样的例子多不胜数，周恩来的警卫员也回忆说，在过雪山时周恩来生病了，频频咳嗽。在那样的条件下，生病是一件最可怕的事情，他这场大病一直持续到过草地，几乎夺去了他的性命。

朱德把自己的马让给伤员，自己徒步行走，而且还兼任巡查员的工作。王稼祥有伤，最初由战士们抬着上山，但山上空气稀薄，担架员行走十分困难，见此情景，他忍着疼痛，被战士们挽着，胜利登上夹金山。

早在翻越夹金山之前，上级就对这次翻越行动做了指示，首先要明确北上会师的意义；二要整顿好纪律，克服队伍出现的松散现象；三要发挥党的领导作用。红军战士为了这次翻越行动都鼓足了勇气，为了实现早日会师，可以说是一步没停，一路上大家团结互助，终于克服了重重困难。毛泽东在对长征的行程进行描述的时候，有一句"五岭逶迤腾细浪，乌蒙磅礴走泥丸"，生动地描写出了红军不畏雪山严寒的大无畏气概。同时后人也有对红军翻越夹金山的溢美之词："孤峰嵯峨横蓝天，终年积雪无真颜；悬崖逶迤望不断，自古人称鬼门关。围追堵截无归路，血雨腥风漫山间；谁引神兵出此境？唯有红军丧故胆；长征精神今犹在，和谐社会耀宇寰。"

准备工作再完善，也仍然会有同志牺牲，翻越夹金山的过程中，有 400 多位红军战士长眠于此。琼山玉龙之上，红军战士在上面高歌欢笑，此起彼伏的山歌在山谷间回荡，高傲的夹金山总算领略了征服者们的英雄气概。最后红军终于在茫茫的雪山之上实现了胜利会师。毛泽东同志在著名的《长征》中写道："更喜岷山千里雪，三军过后尽开颜"，抒发了红军翻越夹金山对中

达维会师开创长征新篇章

国革命所产生的伟大而深远的意义。正像每次长征途中战胜其他困难一样，红军战士发挥的作用是巨大的，当然这其中也少不了红军将领的正确领导。

战胜草地，走出绝境 ▶

1935 年 8 月 21 日，红军开始过草地。毛泽东、周恩来、徐向前等率领红军右路军，自四川毛儿盖出发，进入草地。这是一段艰难的历程，也是红军长征中最难以忘怀的历程。红军将士钢铁般的意志，成为伟大长征精神的历史见证。

草地位于青藏高原与四川盆地的过渡地带，全长 500 余里，海拔超 3500 米。大草地只是一个称呼，它其实是一个高原湿地，也就是沼泽区，远远望去，就像一片灰绿色的草原，可是当你真正踏足就会发现，草甸之下泥泞不堪，浅处可到膝盖，深处可没头顶。这里没有山丘，不见树木，连飞鸟走兽都不见踪影，是一片真正的无人区。当地老百姓有句话说：过草地有三怕，一怕没踩到草甸而陷入泥坑里，二怕下雨，三怕过河。而红军过草地时恰好是草地的雨季，这无疑为行军增加了更大的困难。

红军长征过草地

　　就是这样恶劣的条件，却成了红军的出路。1935 年 8 月，中共中央和红四方面军指挥部率领的右路军进入草地，最先从毛儿盖出发，进入人迹罕至的草地。红四军团成为先遣部队，党中央要求他们为部队找出一条通过草地的路线，接到这个命令，8 月 21 日先遣部队出发。最初在草地的边缘还可以看到一些稀疏的草木和牦牛留下的痕迹，到了里面就是一片灰蒙蒙的沼泽区。里面的水无法饮用，有些战士忍不住喝了，肚子马上开始发胀，毒水一泡伤口就开始化脓、溃烂。红四军团面临的是极其艰巨的任务，这片草地只有无边无际的野草，天空没有一丝的云彩。

　　除了缺少饮用水和食物，沼泽也是战士们要面对的最大危险之一，沼泽就像是伏在暗处的猛兽，会在不经意间伤害人的性命。如果哪个战士不小心踏进泥潭，甚至都来不及呼救就会被泥潭吞没。如果后面的战士想要拉陷在泥潭里的战友，也会跟着陷进去。后来战士们想出一个办法，用绳子把大家依次绑在一起，如果有人不幸陷入泥坑大家也能第一时间知晓，并及时把他救出。

　　进入草地后，战士们吃的是青稞面，可是经过雨水的浸泡，青稞面很快就变成了黏糊糊的面疙瘩，后来，就连面疙瘩也吃光了，只好杀掉军马充饥。草地上生长着许多野蘑菇，但是这些蘑菇大部分都有毒，无法食用，曾经有战士因误食毒蘑菇而永远地留在了草地上。最后，当所有能食用的东西都吃完后，战士们就只能吃自己的皮带和马具。草地里的盐是相当紧缺的，有的人吃上一口盐，甚至感觉吃到了山珍海味。

草地的夜晚冷得逼人，连睡觉的地方都没有，为了抵御寒冷，大家就在夜晚点燃篝火，战士们想尽各种办法来应付喜怒无常的天气，可还是有许多人牺牲在艰难的路途上。

据一位老红军讲述，每天早上起来，都会发现自己的一些战友安详地坐在那里，他们整整齐齐两人一组，背靠着背，怀里抱着枪支，就好像在熟睡一样，可是却永远长眠在这里，再也无法醒来。红一军团走出草地的前一天，聂荣臻给彭德怀发去电报，将沿途的情景和注意事项告诉他们，并且请他们掩埋牺牲的战士。后来据周恩来回电说，当时他们掩埋烈士遗体达400余人，那些消失在沼泽中的人，显然还不在上述统计中。

当红军穿越草地时，只剩下一支衣衫褴褛、瘦得只剩骨头架子的队伍，可就是这样的队伍，克服了常人难以想象的困难，历尽艰辛，终于胜利走过了草地。就是在这样极端恶劣的条件下，红军官兵们上下一心，怀着共同的

长眠于长征路上的无名英雄

革命理想，保持着严明的纪律和乐观的革命精神，相互扶持，相互鼓励，同甘共苦，最终以强大的精神力量战胜了恶劣的自然环境。正如萧华上将在《长征组歌》中写的那样：风雨浸衣骨更硬，野菜充饥志越坚，官兵一致同甘苦，革命理想高于天。

横渡大渡河 ▶

1935年5月15日，中央红军在巧渡金沙江后继续北上，并顺利通过了彝民区。然而摆在红军面前的是一个更大的障碍——大渡河。大渡河宽约100米，深约30米，流速每秒4米左右，是红军长征以来遇到的水流最湍急的河流。

1935年5月12日，红军巧渡金沙江后的第3天，蒋介石飞抵昆明，企图利用大渡河天险再次围歼红军主力，因为他深知，只要过了大渡河，就再没有大江大河的天然屏障能够阻挡红军前进的步伐了。于是他一方面命四川军阀刘湘率领二十四军、二十军以及二十一军一部在泸定、源汉等地区构筑工事，阻止红军北进；另一方面，又命薛岳率主力军渡过金沙江，由西昌方向尾随红军而来，妄图重演70多年前太平天国翼王石达开4万大军在清兵围追堵截下于此全军覆没的悲剧。

穿行于川西群山之中的大渡河，水深流急，自古就是令兵家谈之色变的险地。1863年，在大渡河畔的安顺场，七千太平军错失过河良机，全军命丧清军刀下。临死前，翼王石达开哀叹："大江横我前，临流曷能渡。"

72年后，一张无形的大网正向红军张开，而此时，中央红军也仅仅残剩2万人。但是，

波涛汹涌的大渡河

毕竟黄河东流去，红军决不做石达开第二。

5月16日，红军几乎是沿着石达开当年的行军路线向安顺场急进。5月24日，红军先头部队歼敌两个连后，控制了大渡河的安顺场渡口，并缴获渡船一只。第二天，在两门迫击炮和数挺机关枪的掩护下，红军从红一团一营二连抽调出十七名勇士组成突击队，由连长熊尚林率领，每人一把大刀、一支冲锋枪、一支短枪、五六颗手榴弹，乘着唯一的小船渡河而去。

5月25日上午9时，战斗正式打响。当时天气晴朗，500米外对岸悬崖上的工事看得清清楚楚。嘹亮的冲锋号吹响，轻、重机枪一齐向对岸敌人压制射击。小船一颠一簸，像树叶一样向河心斜漂过去，而敌人的枪弹在小船四周"簇簇"落水。

岸上的红军战士和船上渡河的人都万分紧张。刘伯承、聂荣臻都走出工事场，为了首长的安全，冲锋号停吹了。但刘伯承命令："继续吹！"站在一旁的红军总政治部组织部长萧华抢前几步，从一名司号员手里夺下号来，挺起胸膛吹起来。岸上的战士每个人心里都想着："打吧，向我们打吧，只要别打中我们的船就行。"

神炮手赵章成拿出仅有的四发炮弹，用两发击中了敌军的碉堡。载着十七名勇士的小船在弹雨中仍然艰难地前行着。黑压压的敌人从山上冲下来，赵章成又射出最后两发炮弹，均命中敌群。熊尚林率勇士们冲上岸，最终控制了渡口。

然而，尽管控制了渡口，红军后续部队也陆续找来四只小船过河，但渡河并不顺利。因为船少人多，船只往返一次需要一个小时，而且该段江流极为凶险，架设浮桥也无可能。此时，随后到达的红军部队被迫滞留在大渡河西岸。

面对这样的情况，红军想要渡河，就必须另想办法。而远在160公里外的泸定桥就成了红军与国民党争夺的另一要地，谁先赶到并控制泸定桥，谁就掌握了主动权。

5月26日，毛泽东来到了渡口，针对渡河困难展开讨论。此时，敌军五十三师已经渡过金沙江，正向大渡河逼近，红军若是不赶紧过河，将面临大规模激战。所以，毛泽东立即决定一军团一师和干部团为右路军，继续在安

如今的大渡河泸定桥

顺场过河，由刘伯承和聂荣臻率领，从东岸北上；二师、一军团军团部和五军团为左路军，迅速在大渡河西岸赶赴距安顺场160公里的泸定桥，红军大队人马将改由这座桥过河。

一军团二师四团作为左路军的先锋团，接受了夺取泸定桥的任务。临危受命后，他们立即从安顺场出发，沿大渡河西岸，急速向泸定桥奔袭。从安顺场到泸定桥，多是羊肠小道和栈道，稍有不慎，便有落入万丈深渊的危险，且一路上还要应付敌军的不断阻击。

第一天下午，先锋团紧走快赶，才走了四五十公里路。第二天一早，军委紧急命令先锋团要在一天内走完余下的120公里，于明日夺取泸定桥。军令如山，先锋团边行军边将军委的命令传达下去，部队紧急行动起来，到晚上7点，部队离泸定桥还有55公里。这时天下起暴雨，天黑路陡，行军更加困难。尤其紧急的是，敌人似乎察觉到了红军的意图，也正在对岸向泸定桥猛赶，以阻击红军从泸定桥过河。为了赶在敌人前面过河，团部命令不到万不得已不向对岸敌人射击，放开双腿，与敌人赛跑。然而因为是摸黑赶路，要在漆黑中按时走完55公里山路，困难重重。

据当时任先锋团政委的杨成武回忆，先锋团从对岸敌人点火把赶路中得到启发，红军也点火把赶路。如果对岸敌人向我们喊话，我们就用白天捉拿的俘虏去回答他们的问话。于是大渡河两岸出现了一种奇观，敌我双方的火把，如同隔江的两条火龙在盘旋。在红军的迷惑下，对岸敌人与先锋团并行了十五公里而不知对方究竟是谁。

晚上12点，对岸敌人宿营了，而红军却仍打着火把再次加快赶路的步伐。经过整整一夜的急行军，红军于29日早晨6时准时抵达泸定桥的西岸，并占领了西岸全部沿岸阵地。而此时，红军面临的是汹涌咆哮的江水和一架铁索桥。

这段嶙峋峭壁间奔腾的大渡河，不用说船，就是一条小鱼也不可能停留片刻。这条天然巨堑约百米开阔，两岸间唯一的通道便是红军要抢夺的泸定桥。说这是桥，其实只是13根光溜溜的铁索，从河东岸拉到河西岸，80丈长，8尺宽，每根铁索碗口般粗，9根作为桥面，4根作为扶手。桥面原铺有

红军勇夺泸定桥

3尺宽的木板，敌人为阻止红军过河，早把桥板全部抽空，只剩下在风中摇曳的13根铁链子。铁索两端还筑有桥楼，敌军在东岸的桥楼上筑成了坚固的桥头堡。针对这种情况，红军先组织一个营的火力，封锁了河对岸从竹林坪到泸定城唯一的小道，切断敌军的增援。同时，立即组织了一支突击队，准备飞夺泸定桥。

下午4时，总攻开始了。在全团火力的掩护下，第二连连长廖大珠率领21名勇士组成突击队，手持冲锋枪，背插马刀，腰缠10来颗手榴弹，如离弦之箭，直扑泸定桥。他们冒着对岸射来的枪弹，扶着桥边的栏杆，踩着摇晃溜滑的铁索，向敌人冲去。其后是三连组成的梯队，他们背着枪，挟着木板，在桥上边冲锋边铺板。

红军战士凭借英勇无畏的精神从气势上压倒了敌人，对岸守敌迟迟不见援兵到来，便纷纷从工事里钻出来，逃之夭夭。临逃前，他们又在泸定城门前烧起大火，妄图用大火烧退红军，以阻止他们进城。然而，早已把生死置之度外的红军突击队员，毅然冲过火海，杀进城里，子弹打完了，便甩手榴弹，手榴弹没了，抢起大刀砍。而与此同时，红军后援部队也沿着他们开辟的血路冲入城内，很快歼灭了城内的守敌，并占领了泸定城，缴获一些弹药，俘虏敌军百余名。

攻下泸定桥的第三天，中央红军主力也到了。毛泽东、周恩来带着大部队走过泸定桥，进入泸定城。毛泽东高度赞扬了指战员勇猛顽强的精神，并给红军突击队员、团长、政委每人发了一套印有"中央军委奖"字样的列宁服、一支钢笔、一个日记本、一个搪瓷碗和一双筷子，这在当时可是最高的奖赏。

为了革命，每个红军战士都不惜牺牲性命，这种革命英雄主义精神令人叹服和敬仰。就连元帅聂荣臻在44年后回想起来，都感慨万千，毅然为大渡河纪念馆题词："安顺急抢渡，大渡勇夺桥，两军夹江上，泸定决分晓。"

第三章

患难中的战友情

汤显祖在《牡丹亭》中写道："岁寒知松柏，患难见真情。路遥知马力，日久见人心。"在饥寒交迫的艰苦长征路上，革命战士将这句话诠释得淋漓尽致。患难之中，每个革命战士都怀抱着胜利的希望，无私的奉献最终战胜了自我求生的本能，这份珍贵的战友情，岂能不叫人潸然落泪？

充满战友情的金色鱼钩 ▶

战场上的热泪不是怯懦，而是感动。在长征的漫长路途上，有着千难万险，而战友之间的情分，温暖着每一颗心。一个长满了红锈的鱼钩，在每个革命战友的心中，都散发着金色的光芒，那是他们之间的热血真情。

1935年秋，红四方面军进入广阔的大草地，由于粮食紧缺，很多同志都得了肠胃病，其中就有炊事班长和几个小同志。炊事班长将近四十岁，个儿很高，有点驼背，国字脸上布满了皱纹，两鬓也是斑白一片。由于他为人和善，对大家都很照顾，因而大伙儿都亲切地叫他"老班长"。

由于炊事班长带着几个伤员，只能走一阵歇一阵，一天下来只走了二十里。等到夜晚宿营时，老班长就四处去挖野菜，然后和着青稞面给大伙儿做饭吃；青稞面吃完了，就挖野菜、草根给大伙儿吃。但是，每天吃野菜、草根是吃不饱的，饥饿威胁着每一个人。老班长看到同志们渐渐消瘦下去，心里也直发愁，殊不知自己消瘦得更加严重。

让人难忘的战友情

一天，老班长在河边洗衣服，忽然看到一条小鱼跳出水面，顿时眼前一亮。他兴奋地跑回营地，取出一根缝衣针，并烧红弯成一个钓鱼钩。于是，这天宿营时，大伙儿有了鱼汤喝，尽管没有调料，但这是大伙儿这些日子以来吃得最为鲜美的食物了。自此之后，老班长尽可能找有水塘的地方宿营，在安顿好大伙儿之后，就带着鱼钩出去钓鱼，于是大伙儿几乎每晚都能在吃野菜时有鲜美的鱼汤喝，然而没人注意到老班长从来没吃过一口。

有一天，大伙儿吃完后，一位姓梁的小同志不禁问道："老班长，你怎么不吃鱼呢？"老班长摸了摸嘴，似是在回味地回答说："我吃过了，一起锅就吃了，比你们还先吃呢。"小梁不信，于是在老班长收拾完后，偷偷地跟上了他。等到走近一看，顿时呆住了！只见老班长嚼着几根草根，和着大伙儿吃剩的鱼骨头，嚼了一会儿，就皱紧眉头硬咽下去了。

看到这样的情景，小梁如鲠在喉，哽咽地说道："老班长，你怎么……"老班长猛抬起头，看着呆住的小梁，就支吾着说："我……我早就吃过了，看到碗里还没吃干净，觉得扔了怪可惜的……"

"不，我全知道了！"小梁打断了他。老班长又看了看正在睡觉的大伙儿，一把将小梁搂在怀里，叹声道："小声点儿，小梁！咱们俩是党员，这件事可不要再告诉别人了。"

"可是，你也要爱惜自己啊！"

"不要紧，我身体还结实呢。"老班长抬起头，望着夜色弥漫的草地。良久，他又低声说道："指导员把你们几个小同志托付给我，临走时他对我说，

'他们几个还年轻，这一路上，你是上级、是保姆，无论多么艰苦，也要把他们带出草地。'小梁，你看这草地，无边无涯，没个尽头。我估计，还要二十多天才能走出去。熬过这二十天可不简单啊！如今你们一个个都渐渐消瘦下去，要是一天吃不上东西，怕是就起不来了。若是你们有个三长两短，我怎么向指导员交代呢？难道我能说，'指导员，我把同志们留在草地上，我自己克服了困难出来啦？'"

最终，在老班长的竭力劝说下，小梁答应了老班长不把这件事说出去，但是心里仍十分愧疚。望着老班长那张苍老的脸，小梁扑在他怀里哭了，而老班长只是轻轻地拍着他，无声地叹息着。而之后，吃饭时看着搪瓷碗里那飘着的鱼肉和野菜，小梁每次都是默默地背过身去含泪吃完。

日子一天天过去，草地也差不多要到尽头了，一眼望去，远处的山峰若隐若现。然而，此时的大伙儿已经因为饥饿而没有多少力气了，老班长更是瘦得只剩皮包骨头，眼睛也深深地陷了下去，但他还一直用激励的眼神看着大伙儿。

这天上午，老班长高兴地说："同志们，咱们在这儿停一下，好好弄点儿吃的，鼓一鼓劲，一口气走出草地去。"说罢，他就拿起鱼钩找水塘钓鱼去了。大伙儿的精神也特别好，都四处去找野菜、挖草根，就好像过节一样。但是过了好久，也不见老班长回来。众人四处寻找，终于在一个池塘边看到了昏迷不醒的老班长。

大伙儿知道，要是不及时给老班长吃东西，他就真的再也起不来了。于是众人分工，有的钓鱼，有的生火，有的照料老班长。等到鱼汤送到老班长嘴边时，他已经奄奄一息了。老班长微微地睁开眼睛，看着眼前的鱼汤，缓缓地说道："别浪费东西了，我……我不行啦，你们吃吧！草地的尽头就在眼前了，你们吃完一定要走出草地。见到指导员，告诉他，我没完成党交给我的任务，没把你们照顾好。看，你们都瘦得……"

话还没说完，他那双粗糙的手就垂了下去，再也没了动静。"老班长！老班长！"大伙儿嘶声地喊着，却再也没能唤醒老班长。大伙儿趴在老班长身上，抽噎了很久。

大伙儿最终走出了草地，而小梁则把老班长的鱼钩小心地包裹起来，贴

长征路上永久的丰碑

身放着。小梁想，等革命胜利以后，一定要把它送到革命烈士纪念馆去，让我们的子子孙孙都来瞻仰它。因为这个鱼钩凝聚着革命战友的亲情，虽然长满了红锈，但仍然闪烁着金色的光芒！

冰天雪地里的丰碑 ▶

　　草地，一望无际；雪山，重重叠叠。跋涉在那大雪飞舞的崇山峻岭，考验人的体力，也考验人的毅力。残酷的自然条件下，不知道有多少革命战士被大雪埋藏，而他们在这冰天雪地里，就像一座座丰碑一样矗立着，指引着革命前行的方向。

　　云中山位于山西省北部，呈东北—西南走向，长达百余里，因山中云雾缭绕，山峰隐现于云雾之中而得名。这里是红军经过的地方，同时也埋藏了无数革命战士的身骨。

　　冰天雪地的时节，严寒将云中山冻成了一个大冰坨。红军将士在这样的云中山里，顶着混沌迷蒙的飞雪前进。狂风呼啸，似是要吞没这支前行的队伍。

　　带领队伍前行的是一位将军，他位于队伍的中央。尽管不时被寒风飞雪呛得咳嗽，但他与战士们一同走着，而他的马早已让给了重伤员。他们是先锋部队，他们的任务就是在冰雪中为后续部队开辟一条道路。而他们所面临的，将是十分恶劣的环境和十分残酷的战斗，可能三天两头吃不上饭，可能宿营要睡雪窝，可能一天要走一百几十里路，也可能突然遭遇敌人的袭击……哦，可能太多了，这支队伍能不能经受住这样的考验呢？将军边走边低头思索着。

冰天雪地里的丰碑

　　突然，前方的队伍放慢了行军速度，有许多人围在一起，不知道在干什么。将军边走边喊："不要停下来，快速前进！"

　　这时，将军的警卫员跑过来，告诉他："前面……冻死了一个人。"

　　将军愣了愣，什么话也没有说，快步朝那边走去。寒风凛冽，大雪纷飞，吹得将军的双眼有些迷离，步履也有些蹒跚。走到前面后，见到了一位冻僵的老战士。

　　他倚靠一棵光秃秃的树干坐着，一动也不动，好似一尊塑像，浑身都落满了雪，已经无法清晰地辨认面目。但是可以看出，他的神情十分安详、自然，尽管身上穿着单薄破旧的衣服，就像树叶、箔片一样薄薄地贴在身上；他的右手中指和食指间还夹着旱烟，可是烟火已经被风雪打熄；他的左手微微前伸，好像是在向战友借火……

"他的衣服怎么这么单薄、破旧？他的御寒衣物呢？为什么没有发下来？"将军的脸上阴云密布，嘴角边的肌肉明显地抽动了一下，蓦然转过头向身边的人吼道："把军需处长给我叫来！为什么不给他发御寒的棉衣！等他过来，老子要……"将军的话语被狂风暴雪所吞没，他红着眼睛，像一头发怒的豹子，样子十分可怕。

没有人回答他，也没有人走开……

"听见没有？警卫员！叫军需处长跑步过来！"将军两腮的肌肉不断地抖动着，似是冷的，又似是发怒引起的。

终于，有人小声地回答了他："他就是军需处长……"

将军正要发火的手势突然停住了，久久站立在雪地里。雪花无声地落在他的脸上，融化成盈盈热泪……良久，他深深地呼出了一口气，缓缓地举起了右手，举至齐眉处，向那位与云中山化为一体的牺牲者敬了一个庄严的军礼。

长征途中的无名英雄

雪更大了，风更狂了。大雪很快覆盖了军需处长的身体，他就如同一座晶莹的丰碑，矗立在大树旁，似是在给众人指引着前进的方向。

将军从咆哮到敬军礼，再到无声地转身，最终沉默地大步离开，又继续顶着漫天的风雪前行了。他听见无数沉重而又坚定的脚步声，似是在向人们传颂："如果胜利不属于这样的队伍，还会属于谁呢？"

温暖人心的七根火柴 ▶

望着那盈盈闪闪的火光，似乎有个声音在耳边回响："一，二，三，四……"在那微弱的火光背后，是对革命坚毅的身影；在那艰涩的声音背后，是对战友温暖的深情。七根火柴，尽管很少，却有无限的情谊温暖着革命战友的内心。

天亮时分，雨停了。

草地的天气就是这样无常，明明是月朗星稀的好天气，忽然一阵冷风袭来，霎时间浓云密布，暴雨紧随而至，还夹杂着栗子般大的冰雹。

卢进勇从树丛里探出头来，四处望了望，雨雾迷蒙，看不见一个人影。大雨冲洗过后，道路变得泥泞不堪，在这样漆黑的夜色中，更叫人辨识不清。

反映红军过草地的油画

天，还是阴沉沉的，偶尔还有几颗冰雹洒落下来，打在那浑浊的绿色水面上，溅起一朵朵浪花。

他苦恼地叹了口气。由于小腿伤口发炎，他掉队了。这两天以来，他日夜赶路，原本想在今天赶上大部队的，却又碰上了这倒霉的暴雨，注定又要耽搁了。卢进勇一边咒骂着这鬼天气，一边长长地伸了个懒腰，迎面而来的凉风让他不禁连打了几个寒战。这时，他才发现衣服已经完全湿透了。

"要是有堆火烤，那该多好啊！"卢进勇使劲绞着衣服，望着那顺着裤脚流下的水滴想道。他也知道这是妄想，不但是现在，就在他掉队的前一天，他们连里也已没了可以引火的东西，只好吃生干粮了。想到这，他下意识地把手插进裤袋里，手指触到了一点黏黏的东西，顿时心里一喜，连忙把裤袋翻过来。果然，在裤袋底部粘着一小撮青稞面粉，只不过经过雨水的浸泡，已经成了稀糊了。卢进勇小心地把这些稀糊刮下来，居然有鸡蛋那么大的一团，望着这面团，他心中不由得暗自庆幸："幸亏昨天早晨没有发现它！"

已经一昼夜没吃东西的卢进勇，看着这一大团粮食，胃里更饿得难受。为了不至于一口吞下去，他把面团捏成了长条。正当他把面团送到嘴边时，突然听到了一个微弱的声音："同志——"

这声音十分低沉，就好像从地底下发出来的。卢进勇愣了愣，然后踉踉跄跄地向着那声音走去。等到他跨越了两道水沟，来到一棵小树底下，才看清楚那个打招呼的人。只见他正倚靠着树杈，半躺在那里，下身浸泡在一汪浑浊的污水中，看样子已经有很长时间没有挪动了；被雨打湿了的头发粘贴在前额上，雨水沿着头发、脸颊滴淌；他的脸色更是怕人，眼眶塌陷，眼睛紧闭，只有喉结在一上一下地抖动，干裂的嘴唇一张一合地发出低低的声音："同志——同志——"

似乎听见了卢进勇的脚步声，那个同志吃力地睁开眼睛，挣扎着微微动了一下，似乎想要坐起来，但已经没有力气了。卢进勇看到这情景，眼睛又一次酸涩起来。在掉队的两天里，他这已经是第三次看见战友倒下了。

看着战友无力的样子，卢进勇知道他一定饿坏了，于是抢上一步，搂住那个同志的肩膀，把那点青稞面递到那同志的嘴边说："同志，快吃点吧！"

"不，没用了！"那同志抬起失神的眼睛，吃力地推开他的胳膊，牙缝里挤出了这几个字。

面对这样的情况，卢进勇一时也不知道如何是好。望着那张挂着雨滴、被寒风冷雨冻得乌青的脸，他想："要是有一堆火和一杯热水，或许他能活得下去。"卢进勇望着远处雾蒙蒙的天空，无奈地叹了口气，说道："同志，我扶你走吧！"

那同志闭着眼睛摇了摇头，没有回答，似乎是在积攒着浑身的力量。好大一会，他忽然睁开了眼，右手指着自己的左腋窝，急促地说："这……这里！"

卢进勇不知所以，顺着他指的方向摸去，然后摸出了一个硬硬的纸包，递到那个同志的手里。

那同志颤抖着把纸包打开，那是一个党证，揭开党证，里面并排摆着一小堆火柴。火柴还很干燥，红红的火柴头聚集在一起，正压在那朱红印章的中心，仿若一簇跳动的火焰。"同志，你看着……"那同志向卢进勇招招手，等他凑近了，便伸开一个僵直的手指，小心翼翼地一根根拨弄着火柴，口里小声数着："一，二，三，四……"一共只有七根火柴，可他却数了很长时间。卢进勇高兴地心想："这下好办了！"他仿佛看见他正抱着这个同志在火堆旁取暖。

就在这时，那同志合拢了夹着火柴的党证，双手捧起，竭力而又小心地把它放到卢进勇的手里，紧紧地把它连手握在一起，紧盯着卢进勇的脸，说道："记住，这……这是，大家的！"他蓦地抽回手去，深深地吸了一口气，用尽所有的力气举起手来，直指着正北方向："好……好同志……你……你把它带给……"

话还没说完，他的手臂猛然垂落下来，卢进勇的手臂顿时一沉！他愣在了那里，眼里湿润润的，望着那同志手指的方向，只见到了一片朦朦胧胧的景象，但他知道，那是队伍前进的方向。

之后，卢进勇加快了脚步，终于在天黑时赶上了大部队。在无边的暗夜里，一簇簇黄火烧起来了，当饱受风雨侵袭多日的战士围在火堆旁嬉笑时，卢进勇悄悄走到后卫连指导员的身边，映着那闪闪跳动的火光，用颤抖的手打开了那个党证，把剩下的六根火柴一根根递到指导员的手里，并用一种异样的声调在数着："一，二，三，四……"

让人难忘的战友情 ▶

在长征路上，在恶劣的自然条件面前，每一位红军战士都没有忘记部队纪律，没有忘记发扬团结友爱精神，他们用自己的实际行动谱写了许多让人热泪盈眶的感人事迹。普通战士宋志刚为了给战友省下一口粮食而不惜牺牲了自己的生命，他的光荣事迹值得每个人学习。

红军长征时，刘先只有19岁，在红一方面军三军团四师直属警卫连当排长。在长征途中，最使他难忘的还是宋志刚同志。

宋志刚同志是江西兴国人，共产党员，出身于贫农家庭，从小历尽风霜，磨炼出了刚强、坚毅的性格。40多岁的他经验丰富，遇事能出主意，每当大家伙遇到解决不了的困难，只要有老宋在场，就能"逢凶化吉"。

1935年8月下旬，红一方面军进入草地。所谓草地，是指川西北草原，历史上一直为四川松潘所辖，故有"松潘草地"之称，位于青藏高原与四川盆地连接地段，面积约1.52万平方公里，海拔在3500米以上。

部队开进茫茫大草地，举目一望，草丛里河沟交错，积水泛滥，青草浸在紫黑色的泥水中，散发着腐臭的气味。在这广阔的泽国，看不到树林和人

红军过草地的布景雕塑

041

烟，更找不到人行的道路。

他们好不容易筹到一点粮食，每人分到了5斤青稞，炒熟装进了干粮袋。

就凭这5斤青稞，要走七八天的草地是根本不可能的。老宋凭着小时候给地主放牛时挖野菜充饥的经验，寻找能吃的野菜。第二天他发动大家动手摘了一大堆野菜，晒干了又给每人增加了10多斤半干半湿的野菜叶子。

进入草地后，有一天由于行军太累，没留神，脚下一滑，刘先掉进了一个脏水坑里。真糟糕，干粮袋里的炒青稞被脏水浸透了，臭味熏人，没法再吃了。刚进草地就没有了干粮，以后可怎么办呢？年轻的刘先看着弄脏的干粮袋，不禁发起愁来。

突然，一个干粮袋从后面套在他的脖子上。他回头一看，正迎着老宋那温暖慈祥的目光。老宋用手拍着他的肩膀，安慰说："没关系，你用这个吧。"他拾起臭水浸过的半袋炒青稞，迈着吃力的步子向前走去。刘先望着他那瘦弱的背影，仿佛觉得有一股热浪从心里往上翻滚，再也抑制不住内心的感激，泪水像断线的珠子一样落下来。

傍晚，队伍露营在一个斜坡上。大家围着篝火，用搪瓷缸子煮一点开水，吃一点青稞充饥。老宋同志把开水缸子端到一边去，背着身子，把臭水浸过的青稞和野菜叶子泡在缸子里，费劲地嚼了半天，艰难地咽下去。

刘先实在看不下去，站起来提着干粮袋对他说："老宋啊，我不能要你的粮食。"老宋拉着刘先的手，又把干粮袋挂在刘先的脖子上，笑着对刘先说："小家伙，我年龄比你大，难吃一点我能行。你还年轻，要保住身体，走出草地。"

刘先没顾老宋的再三阻拦，还是把这件事情告诉了排长汤平同志，汤平同志建议全排每人分出一点粮食给老宋。老宋再三推让不肯收下，最后党支部硬把分出的粮食装进了他的干粮袋。

以后几天的草地行军中，老宋的身体越来越瘦弱。每到宿营地，别人都吃一点青稞，老宋同志总是悄悄地煮一点野菜吃，野菜不好消化，一直在闹肚子。

越往草地中心走，困难越大。时风时雨，忽而漫天大雪，忽而冰雹骤下，夜晚的严寒，更难以忍受。从江西瑞金出发时发的一套单军衣早已破烂不堪，晚上宿营也找不到烧火的柴火了，战士们只好挤在一起，背靠背取暖。寒风吹来，浑身直起鸡皮疙瘩，每一个人都盼望着天亮。

在夜里同志们冻得难受，老宋同志抽着旱烟，给大家讲起江西老家的故事来。他那趣味横生的故事，把大家都逗乐了，似乎也驱散了大家身上的寒冷。

长期的劳累和饥饿，再加上风雨、泥泞、寒冷的折磨，严重的胃溃疡和风湿性关节炎在老宋身上一起发作了。他比进草地前更消瘦了，两腿已经瘫软无力，每前进一步都要付出极大的体力。李辉高等几个同志硬从他肩上夺过步枪和手榴弹，让他轻装前进，实在无力行走，就扶着他走。

第六天，天色阴暗，突然下了一场雨夹雪，每个人都被雨水浸湿了。中午，又遇到一条宽一百多米的河流，水深过胸，水流很急，部队发扬团结友爱精神，手臂挽着手臂，强忍着刺骨的冰冷，趟过了激流。老宋同志被扶过河后，开始发高烧，直打哆嗦，后来神志不清，昏迷不醒了。

同志们轮流背着老宋同志前进，走了十多里路，他有几次从昏迷中苏醒过来，发现别人背着他行走，想挣脱下来。他用微弱的嗓音恳求地说："我不行了，你们放下我吧，不要因我一个人拖累了大家。"

长征过草地雕塑

李辉高同志安慰他说："老宋，放心吧，只要我们活着，就一定要把你背出草地。"老宋脸色苍白，嘴唇抽搐了几下，想说什么，但由于身体太虚弱了，又昏迷过去。当时，部队根本找不到一点药品，生了病只能靠自己去战胜。

就这样，他们深一脚浅一脚坚持背着老宋走，有几次差点陷进泥潭里，经大家帮助，又拉出来继续前进。几经周折，终于坚持到了宿营地。

刘先永远也不会忘记草地那个寒冷的夜晚，老宋同志突然急促地喘起来，大家立即围拢在他的身边，他已面无血色，两眼深陷，断断续续地说："我不行了……感谢大家对我的照顾……我们一定能胜利地走出草地，我们党一定会胜利，中国的革命一定能成功……我已经看不到全国胜利的那一天了，有可能的话，写封信告诉我的家人，就说我没有辜负他们的希望……"老宋同志垂下冰冷的双手，停止了呼吸。

刘先不禁失声痛哭起来，同志们站在旁边也泣不成声。在掩埋他的遗体时，刘先突然发现老宋同志干粮袋里的青稞没有吃，还是那么多。原来他知道自己不能走出草地，只吞咽了一点野菜充饥，把青稞面节省下来留给了大家，最终为革命而牺牲。

像他这样无私奉献的红军战士，怎能不让活着的后人敬仰呢？怎能不让活着的后人在心里怀念呢？

干粮的故事 ▶

粮食是红军长征途中最为重要的需求之一，但有很多战士却不顾自身饥饿，为了革命的胜利，毅然决然把粮食送给了他人。他们这种为了革命无私奉献的精神，怎能不让活着的后人感动和叹服呢？

谢益先同志日常言语不多，可工作比谁都做得多。自从来到部队之后，一到战场上，他就奋不顾身地冲杀敌人，恨不得把所有反动派消灭光；而对贫苦的人民，又恨不能把心都掏给人家。

部队到了毛儿盖，上级决定在这里筹粮，准备过草地。那时虽然是收获季节，可是由于战士多，粮食少，每人只分了三四斤麦子。大家都把分到的麦子看成宝贝，缝个布袋装起来，走路带着它，睡觉枕着它，有人还在袋子上绣了自己的名字。谁心里都明白，这不仅是三四斤麦子，更是自己的生命啊！缺了它，要想活着走出草地更加困难了。

就这样，战士们带着这仅有的一点点口粮，踏上了漫无边际的草地。一天，他们正在没膝的水草中走着，忽然听见前面有孩子的哭声。走到近前一看，原来是一个面黄肌瘦的妇女带着两个孩子坐在路边，哭声是那妇女怀里的孩子发出来的。看他们瘦得皮包骨头的样子，就知道饥饿在折磨着他们母子三人。但母亲总是母亲，虽然她已饿得连说话的力气都没有了，仍一面拍着怀里的孩子，一面安慰着："好孩子，别哭，明天妈给你买烧饼吃。"身旁那个大点的听说烧饼，抬起头来，有气无力地问："妈妈，能买到烧饼吗？"母亲脸上滚着泪珠，呜咽着，再也说不出话来了。战士们的心像被什么击打着，人们都在这里停了停，有的抓了一把炒麦递给了那个妇女，有的摸了摸已干瘪的粮袋含着眼泪走开了……

一袋干粮

部队继续前进，但行列里却见不到谢益先了。大家正在着急，他从后面赶上来了，大家七嘴八舌地问他："你怎么掉队了，病了吗？""没有，看那两个孩子来着！""你认识他们吗？""我怎么会认识他们呢！那个妇女说，她是川陕根据地的，亲人都被国民党杀了，房子也被烧了，她和一些老乡在红军的掩护下，才带着孩子逃出了虎口。如今他们断粮了，大人还好说，可是孩子怎么能受得了？"听了他的话，大家心里都沉甸甸的，部队默默地前进着。

自此之后，谢益先有了不寻常的变化。以前，一到宿营地，他就急忙帮大家弄水，拾柴，烧水；而现在，只要放下背包，他就一个人走开，等大家吃完东西，他才露面，要是问他："吃了吗？"他就拍拍自己的肚子说："吃饱了！"次数多了，大伙儿也察觉出了异样，并发现他是有意避开大家，去找野菜吃。遇到没有野菜的地方，就干脆喝点凉水了事。

这样下去怎么行呢？班长对他说："你多少还是吃点粮食，要是不够，大家可以凑点！"

"日子长着呢，能省就节省点。班长，你放心，我还有呢！"他坦然地回答。

"别把身体拖垮了！"

"没什么，在家里吃苦吃惯了。"

话虽这样说，但极度的饥饿拖垮了他的身体，战友常常看到他摇摇晃晃地走路，也常常看到他皱着眉头不声不响地紧腰带，因而他看上去比大伙儿更加消瘦。尽管如此，他的工作却没有丝毫松懈，有事就和别人抢着干，哪次到远处送信都少不了他。

终于有一天他支持不住了，一步一喘，几步一歇。领导见他跟不上队，就叫副班长扶着他在后面走。就在路上休息的时候，他躺在地上再也起不来了。后来听副班长说，他在牺牲以前，嘴里还喃喃地叨咕："那两个孩子不知怎么样了？"直到副班长告诉他，到团里送信的同志曾经看到那个妇女还跟着团部的时候，他那瘦削的脸上才露出了笑容，安详地闭上了眼睛。

大约是走出草地的那天吧，战士们又见到了那个妇女。她带着两个孩子站在路边正东张西望，一下子认出了战士们，便高兴地走过来，笑着向他们打招呼："喂，同志，姓谢的同志在吗？"

"叫谢什么？我们这里有好几个姓谢的。"

"咳，就是不知道叫啥名，问他几次，他也不说。要不是他留下的这一条粮袋，我连他姓什么也不知道呢！"说着，她拿出一条洗得干干净净的干粮袋，上面用白线歪歪扭扭地绣着一个"谢"字。这不是谢益先的吗？怎么到她的手里了呢？

没等他们询问，她就说开了："那可真是个好同志，救命恩人哪！那天，你们都走了过去，他站在我们跟前问长问短，直看着我那空米袋子摇头。后来，他把自己的干粮袋给了我。这可不行，粮食就是命，我怎么能收下呢？可他说：'拿着，大人好办，孩子不吃东西不行啊。'说着，丢下粮袋就走了。我怎么喊也喊他不应，问他叫什么名字，他也不吭声。哎！多亏这些干粮哪，要不，我们娘儿三个早就饿死了……"说到这里，她再次问那个姓谢的同志在哪里。

此时，战友们才明白，谢益先先前不吃粮食，是因为他没有粮食了，因为他想着的是同行的"战友"。

"出了什么事儿？"那个妇女收起了笑容，不安地问。

"他……他死了！"有个同志回答。

妇女愣住了，眼圈红了，紧接着两颗亮晶晶的泪珠从她那干瘦的脸上滚下来。她低下头，两手抖动着紧紧抓住那条已经空了的粮袋，两眼呆呆地看着上面那个"谢"字。

"妈妈，别哭，今天不就走出草地了吗？"那个大孩子扯着母亲的衣角说。

母亲从梦中惊醒，弯下腰，对孩子一字一泪地说："今天是要走出草地了。孩子，可要记住呀，我们是红军叔叔用生命救出来的啊……"

草地上的一顿"鱼汤宴" ▶

在一望无际的草地上，最为艰难的便是粮食的问题。当青稞面没有的时候，红军将士只能挖野菜、啃草根、吃树皮、煮皮带等等，能够喝上一碗鱼汤，算是"盛宴"了。莫异祥同志就曾有幸享受过这样的鲜美佳肴。

1933年12月，尽管莫异祥只有14岁，但他毅然参加了红军。当时，因为岁数小个子矮，连枪都扛不了，部队就把他送到红四方面军总医院列宁学校学习。长征开始，他被调往红三十一军最后面的二七九团特务连，即"收容队"，主要负责收容伤员和鼓励那些掉队的官兵。

当部队第三次过草地时，大部分红军都没有吃的了，一些伤病体弱的同志就慢慢地落在了队伍后面。为了早日走出茫茫的大草地，大家都是互相帮助，身体强健的帮助身体瘦弱的，男同志帮助女同志，年长的帮助年轻的。正是在这样的鼓励下，大家都在坚持前行，坚信有一天一定能够走出这无边的草地。

然而，人力有时穷。这天，大家实在走不动了，连长和指导员看到大家饥饿无力的样子，就说道："同志们，我们停下来休息，烧水、吃干粮。"实际上，干粮早已经吃完了，这只不过是一句鼓劲的话罢了。休息时，还有些许力气的人就去捡一些柴火树枝，准备烧点水喝。

连里有个名叫杨长万的排长，在大家烧水喝时，他从帽子上取下了缝衣服的针，在火中烧了烧，然后弯成一个小鱼钩，到河边钓鱼去了。不一会儿，他就拎着三条小草鱼回来了。

红军过草地的雕塑

对于当时没有粮食的众人来说，这可是个极大的好消息。于是大家高兴地搬来一个大锅，架起来烧了满满一大锅水，并把这三条小草鱼简单收拾后放入锅内，再放上盐巴，煮了起来。看到鱼在锅里面来回翻腾，大伙儿别提有多开心了，有的还情不自禁地碎碎念："真香啊！真香啊！"

那时候，全连上下已经三天没吃过一点儿东西了，等到鱼汤煮好了，有的战士喝了一碗又一碗，有的喝得更多。不一会儿的工夫，一大锅鱼汤就已经被喝得一干二净了。

其实大伙儿也知道，三条小草鱼本来就不大，煮成一大锅鱼汤就更少了，再加上全连的五六十人以及十余名伤员，每个人分到的可谓是微乎其微。但面对着荒无人烟的荒草地，能有这样一顿略为鲜美的鱼汤喝，大家是喜在脸上，乐在心里。

因此，大家在喝完鱼汤后，顿时觉得浑身有劲，也更加坚定了走出草地的信心。功夫不负有心人，三天后，历经千辛万苦的众人终于走出了草地，并辗转进入甘肃会宁，与主力部队成功会师。

可以说，这一顿"鱼汤宴"，给了众人极大的鼓舞，不仅补充了众人的体力，更极大地鼓舞了众人的精神。

老红军莫异祥在回忆的时候还说："现在生活好了，想吃什么都吃得着。希望子孙后代们要牢牢记住先辈们保家卫国、浴血奋战的那段可歌可泣的伟大历史，应该珍惜今天来之不易的美好时光，继续发扬战争年代爱国爱家、艰苦奋斗的精神。"

正是战友之间的相互鼓励与扶持，让长征路上的众将士在面对困难时，都能咬紧牙关、坚持前行。在生死存亡之际，一句温暖鼓励的话，一点温热鲜美的鱼汤，都能让人重新振奋起来。因此，出生于新世纪的我们，在通往成功的道路上，哪有理由不秉承和发扬这种精神呢？

第四章

大部队中的小小少年

革命将士，不分男女，亦不分长幼。在共产主义革命事业起步的阶段，有年长的加入共产组织，自然也有自幼就加入党组织的。我们现在想想，一个小孩子能做些什么呢？其实，小孩子是极为细心认真、倔强坚强的，再加上正确的引导和教诲，这些不起眼的小小少年也能撑起一片天地。

陈赓憾事，倔强的小红军 ▶

说起陈赓，人们最先想到的就是"虎将"一词。确实，在战场上，他是令敌人闻风丧胆的大将；而在生活中，他也是一位充满情义的普通人。要说他会害怕什么人，第一是廖仲恺先生，第二是彭德怀老总，而这第三怕，鲜为人知，那就是小孩子。

陈赓出身将门，历经北伐战争、南昌起义、长征、抗日战争、解放战争、朝鲜战争、援越抗美战争，战功赫赫，为人民的解放事业立下了汗马功劳，1955 年被授予大将军衔。在战场上，他是一员叱咤风云的大将；而据陈赓的儿女回忆，他在生活中是一个幽默、乐观、和蔼的人，甚至可以称得上"孩子王"，但是孩子不能哭，否则陈赓就会躲得远远的。而这其中的原因，就与他在长征中的一段经历有关。

陈赓生前多次对人讲过，长征途中，他犯了一次官僚主义错误，以致一个本可走出草地的红军小战士最终倒下了。每每回想起来，心中如鞭笞一样，

陈赓同志的雕像

痛悔中充满了酸涩。究竟是怎样的一段刻骨铭心的经历，能让功勋卓越的革命将士这般自责呢？

那是深秋的一天，太阳早已西下。走在草地里的陈赓，由于腿伤以及疲惫不堪而落在了队伍后面，同他在一起的还有一匹十分疲惫的瘦马，慢慢地朝前走着。忽然，他的身旁多了一个掉队的小红军。

这个小家伙，看起来不过十一二岁，小脸圆圆的、黄黄的，一双大眼睛，两片薄嘴唇，鼻子有点翘，脚上穿着一双破草鞋，冻得又青又红，操着一口四川话。陈赓靠近了他，说道："小鬼，你上马骑一会儿。"

这个小红军摆出一副满不在乎的样子，盯着陈赓那长满络腮胡子的瘦脸，微微一笑，回答说："老同志，我的体力可比你强多了，你快骑上走吧。"

陈赓听后，眉头皱了皱，用命令口的吻说道："上去，先骑一段路再说！"

结果小红军倔强地回应道："你要我同你的马比赛啊，那就比一比吧。"他边说边把腰板一挺，做出了一个准备赛跑的姿势。

"那，我们就一块走吧。"

"不，你先走！我还要慢慢等我的同伴呢。"

陈赓无奈，从身上取出一小包青稞面，递给他说："你把它吃了。"

小红军把身上的口粮袋一拉，轻轻拍了拍，说道："你看，鼓鼓的嘛，比你还要多呢。"

陈赓终于被这个小鬼说服了，他只好爬上马背，独自一个人朝前走去。

　　然而，陈赓骑在马背上，心情却久久不能平静下来，从刚才遇到的这个小红军，想起一连串孩子的身影。从上海、广州再到香港码头，跟他打过交道的那些穷孩子，一个个从他的脑海里涌出来。

　　"不对，我受骗了！"陈赓突然大喊了一声，连忙调转马头，狠踢着马肚子，沿原路奔跑而去。而等陈赓找到那个小红军时，他已经倒在草地上了。

　　陈赓吃力地把小红军抱上马背，在这时他摸到了一个硬物。他顺着摸出来一看，原来正是小红军那个鼓鼓的干粮袋，打开一看，里面只有一块烧得发黑的牛膝骨，上面还留有几个牙齿印。

　　看到这一切，陈赓已经完全明白了，而这时，那个小红军已经没有了呼吸。陈赓一手紧搂着小鬼的尸体，一手狠狠地给了自己一个嘴巴："陈赓啊，你这个大笨蛋，怎么对得起这个小兄弟啊！"

一个倔强的小红军

　　自那以后，那位小红军的音容笑貌永远留在了他的记忆中。他还常常用这件事教育部队干部，他说："没有兵哪有官？我们带兵干革命，一点不能粗枝大叶，更不能犯官僚主义错误。以那个小战士为例，我当时若是能多个心眼儿，发现一点苗头，给他一些炒面，他也许就能走出草地。"

　　这就是陈赓大将为什么怕同小孩子开玩笑，怕听说小孩子生病，怕听见小孩子哭的原因。

王新兰，年龄最小的女红军 ▶

十几岁的年纪，我们正在干什么呢？大多都在温暖的环境下读书、成长吧。但年仅十一岁的王新兰却跟随着大人，踏上了一条九死一生的道路，那就是长征。而她还是队伍当中年纪最小的，少年英雄的背后，是数不清的辛酸泪。

八十多年前的长征路上，在一支女红军战士的队伍中，有这样一个小姑娘，她身背一条线毯，腰别一把横笛，手拄一根木棍，一路歌唱、吹奏为大家鼓劲，她就是王新兰。当时的她年仅十一岁，是队伍中年龄最小的女红军。

1924 年，王新兰降生于四川宣汉一个富裕家庭，她的叔叔王维舟是著名的中共早期党员。在这样的环境下耳濡目染，小新兰的两个哥哥和两个姐姐先后加入了共产党。在小新兰七岁时，就已经懂得为党服务，因为她的年纪比较小，不容易引起敌人注意，所以党组织经常让她传递一些重要的秘密情报。

1933 年，红四方面军进入四川地区，小新兰叔叔所领导的"川东游击队"也改编为红四方面军第三十三军。但由于形势所迫，红军需要长征。而当时只有九岁的小新兰，已经领悟了很多革命道理，毅然决定跟随队伍进行长征。她的这一决定得到了体弱多病的母亲和十五岁的红军姐姐的支持，于是小新兰在姐姐的陪同和鼓励下，来到政治部报名。

王新兰同志的雕像

053

当时，红四军政治部主任徐立清接待了她们。当他见到扎着两个羊角辫、个头还没有步枪高的王新兰时，心中顿生喜爱之情，微笑地问道："你这么小，能干什么呢？"

小新兰担心自己因年龄小而被看轻，就大声回答说："别看我小，我什么都能干！"

徐主任被她率真、可爱的样子逗乐了，于是接着问道："哦？什么都能干？那你说说，究竟能干些什么呢？"

小新兰很自豪地抬着头，劲头十足地说："我会写字，还会吹奏、唱歌、跳舞！"说着她还用手在地上写了几个字让徐立清看。

小新兰的姐姐也在一旁帮腔，说道："首长，您就收下我妹妹吧！别看她年纪小，但她已经为党组织工作好几年了。"随后，她就将小新兰为党组织传递情报的事情一五一十地告诉了徐立清。

徐立清边听边点头："嗯，不错，不错。"等到小新兰姐姐说完后，徐立清转而对小新兰说："小妹妹，不是红军不要你，只是你的年龄太小了……"

"小？小怎么了？哪个天生会打仗，还不是一点点学起来的。我虽然年龄小，但我学东西还快呢！"听到似乎没有希望了，小新兰倔强地反驳道。

见小新兰参军的决心很大，徐立清最终同意了："好吧，那你明天就过来吧！"

小新兰听到首长同意了，高兴地跳了起来，应了一声"是"，就拉着姐姐的手往外跑。看着跑出去的小新兰姐妹，徐立清突然想到了什么，对着她们喊道："你妈妈同意了吗？"

"早就同意啦！"一声带着兴奋而又干脆的话语随后传来。

在小新兰参军的愿望实现后，她们几兄妹就将母亲托付给了地方苏维埃组织。报道时，小新兰的姐姐被分配到红四军政治部宣传委员会工作，而小新兰则作为宣传员被安排在委员会下属的宣传队。一到宣传队，姐妹俩就开始编演节目、书写标语。

在艰苦的长征路上，由于小新兰的年岁太小，所以过雪山，只能拉着马尾巴才能攀爬上去；过草地，有时也需要依赖年长红军的肩膀。小新兰与红军将士一同翻山越岭，经受饥寒交迫，但她不论经受多少苦，都从未喊过一声累，也从不掉队。而且，只要有机会，她就会站立在风口或是路边，放声高歌、随心起舞，为路途上的每一个人加油鼓劲。

就这样，在积极乐观、坚强毅力的支撑下，小红军王新兰用稚嫩的双脚走完了艰苦的长征之路，最终随同大部队到达陕北，完成会师。

小董，雪地里坚强的女战士 ▶

翻山越岭，简简单单四个字，却有着万般险阻。在生活条件较好的如今，很多少年都不敢轻易说能做到，而且出发前大多需要准备充分，包括路线、饮食、露宿等。那么，遥想当年长征翻越雪山时，面对未知的路线、欠缺的饮食，小红军需要多大的毅力才能做到呢？

1935年6月，跟随着长征队伍的有一位红军女战士，她就是十三岁的小董。当时，她跟随部队来到了金沙江一带，看到了一座很白很白的山峰，远远望去，就像是棉花糖一样。走近之后，他们最终确定了那是一座大雪山。

当时正值阴历四五月份，很多同志穿着单衣都觉得热，再加上连番赶路，有的更是汗流浃背。因此在看到这座雪山时，很多同志都十分高兴，心想：要是到山上凉快一下，去去暑气，那就舒服极了。

美丽而凶险的大雪山

尽管开心，他们也没有得意忘形。登山前，照例分发粮食，还发了几个小辣椒，为的是在发冷时嚼一口，以增加身体的热度。另外，当地的一位干部还叮嘱他们上到雪山后，千万不能乱看，后面的人只能看前面人的后脚跟儿，因为遍地茫茫白色大雪，胡乱望去，很容易导致"雪盲"（现在我们知道，这是由于紫外线反射到眼部角膜，形成炎症所引起的），时间久了严重的还可能导致失明。

雪山底下有一条小河，由于河水是从雪山上流下来的，而且浸泡着很多树叶和杂草，所以水是黄的，当地人把这称为"仙人茶"。但很多同志喝下去后，只感觉到了苦和臭。

上山时，向导让大家用毛巾把头包起来，只留下眼睛看路。刚开始时，山上山下的温差不是很大，大家都觉得热中带有一丝凉气，十分舒服，所以众人的兴致十分高涨，准备一鼓作气冲上山顶，领略一下这雪地风光。但是，随着高度的增加，到了半山腰时，寒风袭来，让人浑身发抖，如同深秋一样萧瑟。

再往上爬，太阳也渐渐消失，只剩下白色的雪花在空中飞舞，而遍山都是雪白一片，仿若到了寒冬腊月。众人深一脚浅一脚地走着，不知道这积雪到底有多厚。而且山上高低不平，所以雪洞也不少，若是一不小心落入其中，

坚持爬雪山的小红军

大多难以救出来；即便是费心费力地拉上来，怕是手脚都已被冰块扎得鲜血淋淋，甚至是被冻僵了，这样的惨剧就在身边不时地发生着，所以大家前行时都小心翼翼地，尽可能地手挽手。

快到山顶时，云雾已不知何时悄悄飘到脚下去了。飞舞的雪花越来越多，越来越急促，甚至还夹杂着栗子般大小的冰雹。山顶地带没有草木，只有茫茫白雪，刺得人的眼睛生痛，视线越来越模糊。

大家都很疲惫和难受，丝毫没有了刚上山时的兴奋与热情。小董也是一样，她只觉得头晕目眩，呼吸困难，身体发软，恶心想吐，真想坐下来休息一会儿，但耳边时常回响着向导的话语："多累也不能坐下去，坐下去就起不来了！"

到了山顶，陪同小董一起的炊事员郭大叔没走几步就倒在了雪地里，再也没站起来，他倒下时还紧紧抓着锅沿儿……小董经常受到郭大叔的照顾，对他十分感激，如今看到这如同亲人的战友离去，心中更是五味杂陈，难受不已。但是，残酷的现实让人不得不坚强面对，部队仍在前行，小董和周围的人也明白自己必须要坚持翻过雪山才行。于是，大家把郭大叔抬到一边，放在了稍微背风的地方，然后继续前行了。

山上的狂风，丝毫没有停歇的意思，依旧嘶吼着，卷起地上的积雪与天上的雪花，似乎想要将这一行人吞没。由于大家穿的都是单衣，有的同志还光着脚，雪打到脸上、身上，就如同铁沙子击打一样疼。饥寒交迫的众人早已头重脚轻，稍微一跟跄就能让人倒地不起。军团的一位首长在风雪中使劲拉着小董，边走边吓唬她说："小鬼，好好走哇！不能坐下，一坐下可就要在这'天国'里成仙啦！"

走过山顶，找到下山路时，众人也是摇摇晃晃地连忙往下走。有的同志由于体力不支，一不小心就坐了下去，结果顺着厚厚的积雪溜了好远，很多人见了纷纷效仿。小董也是往地上一坐，跟着众人溜了下去，果然省力不少。等到了半山腰，呼吸变得顺畅了一些，头脑也渐渐清醒过来。

十三岁的小女孩，凭借自己坚强的意志，硬是跟随着大部队，翻过了一道道大雪山，实在是令人敬佩不已，其坚毅的精神，也值得我们在面对生活困难时学习。

红小鬼，长征路上的小英雄 ▶

红小鬼是对自幼就参加革命的少年的通称。他们可能没有惊天动地的表现，更或许是默默无名，但不可否认的是他们都拥有着坚强的毅力，并积极参加了党组织的斗争，为党组织的发展付出了一生的努力。

我是中国工农红军第六军团长征途经贵州时参军的一个"红小鬼"，现已是84岁的耄耋老人，虽已过去70年了，但当年红军爬雪山过草地，艰苦转战的情景仍历历在目，特别是过草地的情况，至今记忆犹新。我们红六军团在长征中走了两段草地，第一段是从西康色达到四川阿坝，走过了渺无人烟的干草地；第二段是从阿坝到甘肃哈达铺，走过了连鸟兽也难以见到的水草地。

1936年6月，红二、六军团和红四方面军会合后，中央军委电令正式成立红二方面军，二、四方面军分左、中、右三路从甘孜北进。我们红六军团当时在原西康省的甘海子，于1936年7月初出发，经西康色达县绕道青海省南部到四川阿坝。本来计划10天的路程，整整走了20天。由于部队刚翻过了几座雪山，指战员们体力消耗严重，又缺少粮食，当我们第一次进入渺无人烟的茫茫草地后，虽然还只是干草地，但已面临不少难以克服的困难。行军中，草地露营，经常遇到大风和雨雪袭击，气候恶劣，又没有粮食，指战员们有时连野菜也找不到，还有的战士因吃了毒蘑菇而死。军团首长心急如

长征中相互扶持的战友

焚，把马杀了给战士们充饥，但杯水车薪，部队天天在饥寒交迫的困境中行进，而且还要和突然来袭的敌人骑兵作战。不少同志，在第一段草地行军中就献出了宝贵的生命。

经过 20 天的艰难行军，部队到达四川阿坝，在阿坝稍事休整补充，准备过大草地（水草地），这也是红军长征路上最艰苦的一段行程。在这里首先是补充粮食，我们军团想尽办法筹集到一批青稞麦，加工成炒面发给每个人，作为过草地的全部口粮。我们于 7 月 30 日开始进入水草地，第一天就遭遇了暴风雨和冰雹的袭击。这里的气候，真如神话一般，变化莫测。刚刚还万里无云，突然一片黑云就会在头顶出现，大雨冰雹猛落下来，无处可躲，把大家打得浑身湿透，有的人头上还被冰雹砸起了肿包。就这样，我们天天都在茫茫的水草地里艰难地跋涉，行进中每个人都要小心翼翼地沿着前面部队踩出的路前进，稍不小心就会陷进泥沼，活活被草地吞没。

水草地行军，军团遇到的最大困难仍是缺粮。过干草地时，指战员们就是饿着肚子走路，体力普遍下降，这一次，大家继续拖着虚弱的身体通过环境非常恶劣的水草地，再加上缺粮，极度困难。当时我们的战斗口号是"走出草地就是胜利"。因此，我们军团在行进中只要一休营，大家就都不顾疲劳"八仙过海，各显神通"地去找吃的，有的挖野菜，有的捉鱼虾，有的拣死牛死马的骨头砸来煮水喝。总之，"为吃奋斗"，为争取活着走出草地干革命。

我们红六军团在这茫茫的水草地中整整走了 9 天，每天不仅要为"吃"奋斗，还要为"宿"担忧。我们宿营时的所谓"帐篷"，都是指战员们用自己的床单支撑起来的，既不遮风，也难御寒，更抵挡不了大雨夹着冰雹的袭击，有时碰上整夜下雨，大家只能背靠背地蹲在水里等待天明，有的体弱生病的同志支持不住而倒下，当场死去。我当时是红十八师三营七连的卫生员，我们连的二排长，江西人，是党支部委员，原来身体很好，打仗勇敢，很能干，行军中他经常帮助体弱有病的战士背枪，有时把两三个战士的枪都背上，叫"背架枪"，全连同志都很喜欢他。一天晚上经雨淋后，第二天他怎么也站不起来了，咬紧牙关挣扎也无济于事。指导员和我要搀他走，他不要，战士们要背他走，他也不要，他说："我不行了，你们难道想多牺牲几个人吗？能多活着一个人走出草地革命就多一分力量。"当天我们连是后卫，部队已经走了，指导员要照顾整个连队，就要我留下来照顾二排长。我蹲在二排长身边，两人眼望着远去的部队，这时二排长用极其微弱的声音对我讲："卫生员，你快走，等会儿你赶不上队伍了。"又指指身上还剩有一点炒面的干粮袋说："炒面我用不着了，你拿上，你还小，一定要活着走出去……"看着二排长慢慢瘫倒在草地上，我已泣不成声，连连呼叫："二排长……二排长……"可他再也听不到我的声音了。我们可爱的二排长为了中国革命的胜利献出了宝贵的生命，长眠在茫茫的水草地上。

饥饿寒冷压不倒红军的英雄气概，艰难险阻挡不住红军前进的步伐。8月8日我们终于走出了水草地，到达四川省的包座。从这里往前又走了十几天的"蜀道难，难于上青天"的山间隘路，通过了"八里÷子""腊子口"等天险，才到达了甘肃的哈达铺。

经过雪山、草地，经过几个月的艰苦转战，我们红六军团与其他军团一样，牺牲了很多优秀指战员，连队原来有100多人，走出草地时仅剩下17人。虽然人员减少了，但大家锻炼得更坚强了。"走出草地就是胜利"。指战员们情绪高涨、精神饱满地高唱着"大踏步，向前进，解放大西北……"勇往直前，奔赴前线。

红色革命圣地哈达铺

第五章

漫漫征途中的巾帼英雄

古语有云：巾帼不让须眉。毛泽东也曾说："妇女能顶半边天。"在漫长而又艰险的长征路上，我们也可以看到很多"不让须眉"的"巾帼"。纵使再苦再难，甚至是夫妻离散、痛失爱子等，也未能阻止她们前行的脚步，未能磨灭她们坚定的革命精神。回首想来，那一道道靓丽的身影仍在脑海中徘徊，令人钦佩和敬仰。

长征路上遗子的贺子珍 ▶

白沙场，那是贺子珍无奈舍弃孩子的地方。革命的道路，往往是艰辛的。为了革命的胜利，许多人都献身革命事业，甚至是全家都参加；也有人被迫离家舍人，在坎坷的道路上不得不舍弃骨肉，托付给他人，毛泽东的妻子贺子珍就是其中之一。

1935 年 2 月，毛泽东随中央纵队由云南威信向四川方向前进，来到川南古蔺县白沙场。

15 日近黄昏时，躺在担架上的贺子珍将要分娩，她被抬到白沙场附近长榜上村的一家门前。随着敲门声的落下，一位老婆婆打开了门。负责照顾贺子珍的钱希均和钟月林赶紧上前说道："老人家，我们是红军。我们的女红军临产了，麻烦借用一下您的屋子生孩子吧。"

老婆婆回答说："我做不了主，我只是一个被请来看房子的。"

钱希均礼貌地问道："老人家贵姓？"老婆婆回答说："大人小孩都喊我

蛮大婆，你们也这样喊吧。"

"蛮大婆，我们只借屋子遮风避雨，在担架上生孩子，不会弄脏主人家的床铺的。"钱希均继续请求道。

老婆婆走近担架，看到了躺在上面痛苦呻吟的贺子珍，顿时心生同情和怜悯，就同意让众人进门，然后生了一堆火，还找来几条板凳请大家坐下取暖。

川南古蔺县白沙场

次日拂晓时分，贺子珍开始了痛苦的分娩，她强忍着难以言述的阵阵痛楚，浑身上下早已被汗水和血污浸透了。当时，干部休养连医务室主任孙仪之和医生李治为她接生，钱希均当助手，钟月林打下手，最终贺子珍诞下一名女婴。但是行军途中生孩子，什么准备都没有，又不能动用主人家的东西，所以只能用脸盆盛水为孩子洗去血污。

贺子珍听见孩子哇哇的啼哭声，看着她稚嫩可爱的脸蛋，内心喜悦不已，身体也放松了不少，完全忘却了十月怀胎的艰辛和分娩的痛苦。然而还要面临行军的艰辛，她又想起了只活了20多天的大女儿，想到了天真可爱的毛毛，以及那个早产夭折的男孩，而如今这第四个孩子，恐怕也不能带在身边了……想到这，贺子珍潸然落泪。

望着初生的婴儿，贺子珍本想与丈夫毛泽东商量一下如何安置，但想到他遵义会议后，临危受命，重任在肩，工作必然十分繁忙。如果现在自己把

贺子珍同志的雕塑

孩子寄养给好心的当地人，想来丈夫也是会理解和支持的。于是，她根据蛮大婆的介绍，托弟媳钱希均和警卫员吴吉清与蛮大婆一道，把孩子送到一里外山脚下好心肠的孤寡老人张二婆家寄养。

临送走前，贺子珍哽咽着从贴身衣袋里掏出仅有的4枚银圆，脱下身上的茄色外套，把女儿包好，抱在怀里在小脸蛋上吻了又吻，依依不舍地交到钱希均手里。董必武也给了钱希均一点钱和一张纸条，上面写着：老乡，我们是穷人的队伍，是解放穷人的。正在行军中，有女同志临产了。小孩生下后，拜托你们抚养，希望她长大成人。拜托！拜托！

当毛泽东急匆匆地赶来时，孩子已经被送走了。他看到疲惫、虚弱的贺子珍消瘦的脸上没有多少血色，心中也是叹息一声。走近担架，弯腰低头在贺子珍耳畔轻声地说："子珍，我来迟了，你受苦了！"

"润之，你重任在肩，怎么……"毛泽东捧起贺子珍的手握着，示意她不要多说话，突然发现贺子珍的怀里没有孩子，忙问："孩子呢？是男是女？"

"是女孩。润之，我已托他们寄养在老乡家了。"听到贺子珍忧伤凄婉的回答，毛泽东感到鼻子酸酸的，眼眶湿湿的。他知道，这是无奈的选择，于是将贺子珍抱得更紧了。

长征路上，每个人都遭遇着各种各样的困苦，尤其对于较为感性的女人来说，生死离别并不是那么容易看开，只能是默默地忍受。因为只有拥有坚强的毅力，才能最终走出困境，迎来革命胜利的曙光。

还有一次，部队来到贵州盘县附近的五里排，不幸遭遇敌机轰炸，战士们迅速趴在路坎下、田沟里、坡地上，企图利用高高低低的地势把一些人遮蔽起来。但一些躺在担架上的伤员却无法自己行动，于是贺子珍不顾个人安危爬出去疏散担架，结果不幸被炸伤。等到敌机轰炸过后，贺子珍的身体里早已嵌满了弹片，鲜血更是把军衣浸染得殷红。

众人连忙请来医生为她抢救。医生赶到后，先为贺子珍打了一支止血针，然后做了全身检查，发现在她的头部、上身、四肢共有 17 块大小不一、深浅不同的弹片。在当时没有麻药的情况下，贺子珍忍着剧痛，浑身被汗水浸湿，眼里噙满泪花，却坚持一声不吭。最终，身体上浅层的弹片被一块块取出，而深入体内的则成了战争留给她的永久纪念。

正是凭借过人的坚强毅力，贺子珍才能在历经诸多非人的痛苦之后，继续站起来前行，即使是拄着拐杖，她仍是坚强地走到了目的地。

邓颖超，和蔼可亲的邓大姐 ▶

提起邓颖超大家都熟悉，可是关于她的相关记载却不多。1934 年，红军长征时，她也在队伍里，而且是带病参加长征，在长征中她有着怎样的经历，她又是如何看待长征的呢？

邓颖超是红一方面军中参加长征的 30 名女红军之一，她在后来回忆说："我在长征期间，患了严重的肺病，一路上多亏同志们照顾和帮助，虽然疾病折磨着我，但我仍用革命乐观主义精神面对，无论当时环境多么恶劣，大家互相鼓励、互相照顾，我觉得我能到达陕北也是个奇迹，更令人奇怪的是经过长征的磨炼，我的病竟然全好了。"

邓颖超同志的雕塑

邓颖超回忆那段经历时，语气很平淡，好像在说一件很平常的事情，可是只有当时跟她一起走长征的战士才知道，她冒了多大的风险。就在长征前夕，她突然大口吐血，后被医生诊断为肺结核。在那个医疗条件落后的年代，肺结核就是不治之症。邓颖超的母亲是位中医，在她的悉心照顾下，邓颖超才暂时缓解了病情，但身体依然很虚弱。考虑到自身情况，她非常矛盾，如果跟随红军长征，自己可能成为大家的负担，如果不去，她和周恩来这次分别后不知道要多久才能团聚。考虑再三，她决定照顾大局，留在地方工作，可是周恩来说："组织让我们参加长征，我们就要服从，个人不能改变。"就这样邓颖超和其他人一起踏上了漫漫长征路。

长征路上，除了面对恶劣的自然条件，还要时刻担心敌人的疯狂追击。1935年4月，邓颖超所在部队到达贵阳紫云县，当时国民党的飞机一路跟踪，轮番轰炸，红一方面军一面进行防空伪装，一面紧急行军。当部队到达一座山脚下时，休养连的大队人马聚集在山脚下，等了很久，邓颖超觉得一直等也不是办法，就决定上山，她同她的马夫一起，牵着马向山坡走去。突然，几架敌机出现在他们头顶，先是猛烈扫射，然后是震耳欲聋的狂轰滥炸，为了躲避敌人的攻击，邓颖超和她的马夫就躲到半山坡的一个小树林里，躲过了这场灾难。她走出树林，看到的是满目狼藉，休养连伤亡了10多名同志，牲口和物资也损失不少，随同休养连行动的毛泽东夫人贺子珍、罗炳辉夫人杨厚珍二人，都在这次轰炸中不幸身负重伤。

部队到达宿营地，毛泽东和周恩来来看望休养连的同志和伤病员。面对周恩来关切的目光，邓颖超难过极了，她说："这次损失太大了，都怪我，不该同意休息啊！"这时休养连的连长侯政急忙说："不怪邓大姐，都是我的错，是我下令休息的，是我对不起同志们……"周恩来知道这是一次意外，他连忙对侯政说："侯政同志，不要难过，以后小心就是了。"说完，他又深情地看了一眼邓颖超，就离开了，他只要知道自己妻子还活着，就够了，他还有更重要的军情要处理。

邓颖超与周恩来合影

还有一次，当邓颖超和休养连的同志通过一个山冈时，大量敌军突然从山冈另一边斜插过来，大家都猝不及防，枪声响起，一些民夫就慌张起来，扔下担架、物品四处逃生，这时骑在马上的邓颖超果断地对战士们说："大家把各自的警卫员交给连长，让他统一指挥，全力阻击敌人。"她首先把自己的警卫员顾玉平交给连长侯政统一指挥。她跳下马，赤脚拖着病体向前疾走。别的干部和伤病员也纷纷把警卫员留下，由李坚真和几名警卫员带着大家一起从山上撤下去。

侯政指挥警卫员与敌人展开了激烈的战斗，战斗进行到半小时时，后面的警卫营赶到，用密集的火力压住了敌人。李坚真立刻护送伤病员进入大山沟，安全脱离战场，休养连全部平安。

"爬雪山，过草地，战胜天险，冲破难关。"这是邓颖超对长征的高度概括，也是对生命极限的挑战。邓颖超和其他30位红军女战士，正是凭着这种顽强的意志和永不放弃的精神，突破重重困难，奇迹般到达陕北。邓颖超曾说："同志们，我们工农红军创造了人类历史上的奇迹！我们的后人将以我们为骄傲，将把我们永远铭记在心！"

"圣徒" 蔡畅 ▶

提起长征中年龄最大的女红军，众人都会想起那个亲切的"蔡大姐"。她对待年轻一代就像对自己的子女一样关心爱护，所以人们又亲切地称她为"蔡妈妈"。她就是蔡畅，一个长征路上可称得上"圣徒"的妇女。

蔡畅出身名门，是清代著名将领曾国藩的后裔。蔡畅的母亲是一位刚强而有主见的人，五十岁时，她毅然与富商丈夫离婚，并进入小学完成了学业。可以说，她的子女受她的影响极大，而加入共产党的蔡畅就是其中之一。

年龄最大的女红军蔡畅

在艰辛困难的长征路上，蔡畅一直把母亲的一张旧照片带在身边。她对于长征没有任何怨言，而且还经常鼓舞大家。

刚开始长征时，蔡畅患有严重的胃病，党组织分给她一匹骡子。但她不顾自己有病，坚持把骡子给了她的警卫员曹昌，因为她知道曹昌年纪小，怕他会因病掉队。等到曹昌身体恢复后，她就用红军路上写的标语、口号作教材，教曹昌识字，还常常给曹昌讲苏联和中国的革命斗争故事。

1935 年 8 月 21 日，部队从毛儿盖出发进入了茫无边际的大草地。虽然一眼望去，遍地都是杂草，但说不定下一处就是腐草沉积的黑泥潭，若是一不小心踩进去，顷刻间就会被吞没。因此，指挥部告诉大家，务必沿着先遣队留下的标记前进，同时指出草坑里的水有毒，千万不能喝。

蔡畅也再三叮嘱肖贤忠、小曹要高度警惕，千万不能大意。一路上，他们避过一处又一处危险的泥潭，相互搀扶、跟跟跄跄地慢慢前挪。

草地上天气变化无常，不是倾盆大雨，就是狂风大作，甚至有时还降有冰雹，所以众人常常被淋成落汤鸡。晚上宿营时，连一块干燥的地方都没有，大家只好坐在又凉又湿的草地上打盹，几个人凑在一起背靠着背坐着睡觉。夜间很冷，他们衣着单薄，就靠着彼此的体温"取暖"。虽然身上还是湿乎乎的，但是大家心里却感到暖融融的。

穿越草地没有粮食时，蔡畅与曹昌一起采野菜充饥。曹昌看到她把剩下的青稞麦分给了其他女同志，自己却忍受着胃病之苦，艰难地吞咽野菜，顿时心里难受不已。蔡畅看到曹昌难受的表情，就把他拉到一旁，语重心长地说道："我们为了革命事业走到一起来了，就应该互相关心。眼下，我们有野菜吃，就算不错了，而有些同志可能连野菜还吃不上呢！"

草地茫茫，广阔无垠，纵使是有野菜充饥，人也会逐渐消瘦下去，更何况不可能一直有野菜、草根。由于曹昌年纪小，蔡畅很担心他，一旦发现他因疲劳过度而打瞌睡，就立刻将他叫醒；晚上还督促他烫脚、烘衣服，教他如何尽快消除疲劳。

关心和照顾同志只是蔡畅在长征路上所做的众多事情中的一个小事例，她还曾为了鼓舞战士们的士气，演唱过《国际歌》《马赛曲》，给他们讲述自己的经历、国外的环境等，有时还讲故事和笑话等，而战友们也纷纷应和，热闹非凡。有时候，恰好遇到李富春和曾经一起留法勤工俭学的周恩来、邓小平、聂荣臻、萧劲光等同志，大家来了兴致，就一齐用法语歌唱，个个豪迈奔放、神采飞扬。康克清还曾戏称她所讲的东西是战士们的"精神食粮"。

哈里森·索尔兹伯里写过一本书，名叫《军事与泥巴》，其中有这样一句评价蔡畅的话："如果说长征有什么圣徒的话，那么，这个圣徒便是她（蔡畅）。"

蔡畅在国际上也享有很高的威望。1948年11月，她到布达佩斯参加国际民主妇联大会时，以端庄、娴雅的风度以及充满激情的演说感动了几千与会代表，在会上当选为国际民主妇联副主席，主席戈登夫人还盛赞她是"一位伟大的女英雄"，"她代表

蔡畅同志的雕塑

新中国"。

从二十世纪二十年代起，她就是全国妇女运动的主要领导者，新中国成立后又担任全国妇联主席近 30 年。在"文革"时期，李富春因反对极"左"行径被打成"二月逆流黑干将"，蔡畅也被诬为"二月逆流老板娘"。当时，毛泽东曾发话："连蔡畅也要打倒，真是'洪洞县里无好人'了！"蔡畅为党事业的呕心沥血，可见一斑。

蔡畅认为，共产党员是唯物主义者，应该以唯物观点看待生与死。人老了，必然要死亡，这是自然发展的规律。一个人只要在有生之年为国家为人民尽了力，就是死得其所，死得光荣。看到了很多人死后大办丧事，铺张浪费，她决定从自己做起，改变这种不良的风气。因此，她遗言说："丧事从简，不搞遗体告别，不开追悼会。"

1990 年 9 月 11 日，一代伟人再也没能睁开眼，享年九十岁，她光辉的一生堪称妇女解放运动的旗帜和骄傲。

长征路上的"红军妈妈"们 ▶

"男儿事长征，少小幽燕客。"艰苦卓绝的二万五千里长征，即便是健硕的红军儿郎，要战胜人间罕见的种种险阻也是难以想象的。然而，长征路上的红军妈妈们，为了中国革命的成功和妇女自身的解放，果敢地承载着更多的苦难，显示出一种超越母性的伟大的爱。

笔者曾见到也许是世界上最奇特的纸条："我们是为万千人服务的工农红军，今在苗家借地生子，实在出于万不得已。因军情紧急，此子无人携带，深望老乡将其抚养成人，不胜感激。"署名："红军休养连董必武留"。这个留在苗地的孩子是毛泽东与贺子珍的骨肉。而在长征开始时，他们已将爱子毛毛留在了江西老乡家，后来音讯全无。长征中生下的这个孩子，毛泽东与贺子珍十分喜爱但又十分为难。当时为了避免与围追堵截的敌人相遇，部队每天急行军 90 多公里，有时还不得不打仗。带着孩子，无疑困难不少；送给老乡，又于心不忍。思忖再三，贺子珍还是把警卫员叫来，声泪俱下地吩咐："孩子不能带，把她寄养在老乡家里吧！战争是残酷的，不能怪我们不喜欢后代，实在是没有办法，让孩子在人民当中长大也好。"毛泽东、贺子珍夫妇为了中国革命共失去了 5 个子女。孩子是妈妈的心头肉，哪有母亲不疼爱子女的？而红军妈妈们却在那个非常时期，腆着肚子，艰难地行进在长征途中。生下骨肉，又将其留在边远的不知名的少数民族地区，这是何等感天动地的壮举！这是何等气壮山河的精神！长征中的红军妈妈们将"奉献"二字演绎到了极致。

任弼时和陈琮英合影

红军的使命是北上抗日，解放全国。红军妈妈们跟随红军大部队从瑞金出发到达陕北，一路上爬过 18 条山脉，渡过 24 条江河，经过 11 个省份，突破 10 道封锁线。红军妈妈们在长征中所表现出的"使命高于天"的精神千秋不朽，与日月同辉。

长征出发前已婚的红军女战士，在长征路上尽量避免与丈夫在一起生活，只有在部队休整时间比较长的时候，才小心翼翼地聚上几天。她们虽然受到分离的煎熬，大多数人却免除了怀孕生孩子的痛苦。但也偶有失误的，这使她们不仅面临生死考验，同时也面临骨肉分离的痛苦。即使如此，为履行神圣使命，红军妈妈们强忍苦痛，舍生取义，鞠躬尽瘁。

1928 年参加湘南暴动的曾玉，在长征途中生下一个胖娃娃，但部队要紧急出发，孩子不能带，只得忍痛放在稻草上。伴着父亲写的字条，孩子在空屋子里声声啼哭。曾玉被人搀扶着，告别了亲生骨肉，一步一回头地走出了屋子。孩子在屋内嘶哑地哭叫，曾玉在屋外掩袖抽泣。婴儿的啼哭像锥子刺着她的心，像绳索拴着她的腿，她那如同灌了铅的双腿怎么也迈不动。但不走是不行的，后面有追敌，心中有使命，这个时候哪里还容得儿女情长，曾玉坚毅地走了。刚生完孩子就要走路，又没有担架，而且头一站便要过河，横在眼前的河水浪涛翻滚。强烈的使命意识，让曾玉咬紧牙关下河，在几个女战士的搀扶下蹚了过去，向着陕北，迈开双腿，载着使命疾行。

任弼时、陈琮英和孩子们

　　对很多红军战士来说，明天是个神圣的字眼，令人憧憬，催人奋进。红军妈妈们的未来观是为了国家的明天、人民的未来、万千的后代而矢志不渝，孜孜以求，不达目的誓不罢休，即使自己流血牺牲，也在所不惜。

　　在长征胜利20周年时，廖承志画了一组再现长征感人情景的画送给女儿廖茗。画面上一位红军妈妈忍痛将孩子送给当地一位老汉，她亲吻着孩子，盯着孩子那张小脸，生怕忘记了似的。忽然，她像想起了什么，掀起衣襟给孩子喂奶。泪水和着奶水，把孩子喂饱后，便把他轻轻地放下，头也不回地追赶队伍去了。廖承志随画还写给女儿一封信："千万不要忘记革命是经过千辛万苦，无数牺牲才得以胜利的。你们是在一帆风顺的温室中长大的，千万不要忘了本。"

　　因为有许多红军妈妈已经失去过自己的亲骨肉，长征路上，她们不想再失去自己的孩子。尽管许多人再三动员她们留下来或者把孩子寄养在老乡家，但为了新的生命，为了明天，红军妈妈们凭着坚强的意志，为长征路上诞生的那些为数不多的孩子营造着"安全港"。

任弼时的妻子陈琮英在长征路上生下了他们的女儿远征。朱德总司令听到远征出生的消息后，非常高兴，跑到河边去钓鱼，并亲手给陈琮英做了一碗鱼汤。陈琮英产后没几天，部队又要进行艰苦行军。任弼时对陈琮英说："把孩子留给苗家兄弟吧！"陈琮英紧紧地抱着女儿，默默垂泪。两人的前几个孩子都已夭折了，此刻，陈琮英多么想带女儿一起行军啊！可这将会给部队带来很大的麻烦。红军战士闻讯后，坚决反对将远征留下，争着要求背远征行军，并抢着逗她玩。这样，远征方才留下，并一起来到了延安，来到了北京，成为少数几个长征路上诞生并跟随父母行军的儿女之一。

红军妈妈们的艰辛付出和牺牲，换来了我们今天的幸福生活。是她们在革命战争年代舍弃了儿女情长，才使新中国亿万儿童拥有了幸福安康。长征伟大，参加过长征的母亲们同样伟大，让历史这样告诉未来吧！

背锅长征的女红军贾德福 ▶

长征路上，最为艰难的便是吃饭问题，而做饭的前提是有锅，因而饭锅就成了漫漫荆棘路上的重要物件。贾德福就是背着大锅参加长征的妇女之一，她凭借着顽强的毅力以及乐观向上的精神，最终与战友一同渡过难关。

贾德福是红四方面军妇女工兵营中年龄最大的一位，尽管她的实际年龄

剑阁古道上的小路

也不过二十七八岁。长征途中，她担任着妇女工兵营班长的职务，由于她对年纪小的战士特别爱护，久而久之，她的辈分不知不觉就被人叫上去了，大家很愿意喊她"贾婆婆"。每听到别人这么叫她时，她也是呵呵一笑，欣然接受，她是真把自己当成婆婆辈了。

准备长征的时候，她恨不得把伙房里的东西都搬走，粮食、菜、油、盐装得满满的，而且自己的干粮袋子里还缝了很多小口袋，分别装着姜、蒜、辣椒、胡椒等调味品。一边装还一边惋惜道："装不完，咋个办哟。"有人取笑她，这是行军打仗，她却说："行军打仗也要吃饭啊。"她就这样背着几十斤的食物和一口大铁锅，踏上了漫长艰辛的长征路。

渡过嘉陵江之后便是剑阁古道，有一条从石崖上凿出来的小路，向上望去是望不到顶的峭壁，向下看去是深不见底的山谷，又逢阴雨连绵，脚下路滑，稍微不小心就会粉身碎骨，贾德福有点不堪重负了，一路都处在队伍最后面。为此大家都要抢她的锅，她却风趣地说："背着这口大锅有很多好处呢，别看像个乌龟壳，下雨能挡雨，还能挡鸡（飞机）蛋！"大家听后都忍不住笑起来，而身心的疲惫也在这种风趣幽默的气氛里渐渐消散。就这样，在坎坷的长征路上，她的锅成为一面独特的旗帜，每当看到她后背的大锅时，大家都会感到心安。

长征路上的女红军们

当看到战友因为饥饿病倒在草地上时，贾德福就会想，一定要尽自己最大的努力，让每一个病倒的战士吃上一碗"病号饭"。不过，营长林月琴病倒时她捧上的一碗放着一丁点盐的"病号饭"，林月琴却坚决不吃。贾德福一直以哀求的眼神看着她，当她的眼泪流出来，顺着因为过度劳累而布满鱼尾纹的眼角滑下来时，林月琴再也不忍心推让了。

队伍到达党岭山时已经是春天了，然而这里的气候异常恶劣，时而飘着大雪，时而漫天的飞沙走石。队伍在爬山之前，贾德福都会把火烧得旺旺的，把一直珍藏的辣椒和生姜都倒进沸腾的热水中，她一边搅拌着锅里辣辣的热汤，一边往外盛，一边对大家吆喝："快爬雪山啦！大家快过来，都多喝一些热汤，驱赶风寒，暖和一下身体。"大家在喝过她的辣椒汤之后，身上都热乎起来，信心倍增。

两次翻雪山，三次过草地，在队伍的最后都能看到贾德福的身影。然而天有不测风云，并不是每个坚持的人都能得到上天的眷顾。在一次极为惨烈的战斗之后，背着沉重大锅的贾德福由于躲闪不及，身上受了伤，在背着的那口大锅之下，鲜血顺着她略弯的脊背流淌下来。即便在生命的最后，她始终都坚守着她的大锅，而她的生命也永远悲壮地定格在这口大铁锅之下。

长征中走出的女将军李贞 ▶

李贞出生在湖南浏阳市，1927 年加入中国共产党，参加过秋收起义，经历过长征，曾任浏东游击队士兵委员会委员长、中共平江县委军事部部长、红六军团组织部部长、红二方面军政治部组织部副部长，1955 年被授予少将军衔。

1908 年的正月，李贞出生在湖南省浏阳市一个贫苦的农民家庭。李贞小的时候家里非常贫穷，只有两亩薄田，几间草房。李贞的妈妈生了 6 个孩子，都是女孩儿，李贞最小的妹妹出生才 2 天，父亲就一病不起，没过多久就离开了人世。

在那个战乱的年代，孤儿寡母更加难以维持生计。李贞 6 岁时的一天，妈妈含着眼泪对李贞说："有个姓古的人家，家里没有女娃，想要找个养女，

毛主席与李贞同志亲切握手

妈打算让你去，你愿意吗？"李贞看到家里穷得吃了上顿没下顿，就点头答应了。等李贞到了古家才知道，古家已经有3个女儿了，她万万没想到，自己来到古家竟然是做童养媳的。

当时的童养媳就相当于丫鬟，什么事情都要做，很多繁重的劳动就落在了李贞还非常稚嫩的肩上。她要去打水，大盆的水端不动倒掉了，就要挨打；她要去砍柴，砍了不会捆，捆了又背不起，回来迟了，也要挨打；她还要负责背一个比自己还大1岁的孩子，背不动摔着了，更要挨打。李贞记不清挨了多少打、受了多少骂，在这样的日子中熬到了十五六岁。

1924年正月，16岁的李贞与丈夫结了婚，但这段酝酿了整整10年的婚姻并没给李贞带来幸福。她的丈夫叫古天顺，比她大4岁，是个耿直忠厚但脾气暴躁的青年，婚后两人的感情也不融洽。有一次李贞上山砍柴，赶上了倾盆大雨，等到她担着柴回到家时，浑身已经湿透了，古家其他人也从田里赶回来，同样被雨淋湿了。婆婆看到没有干衣服换，就责骂李贞没有将衣服洗出来。李贞说："我也上山砍柴去了，哪里有工夫洗衣呢？"丈夫古天顺看到她竟跟母亲顶嘴，就抄起一根棍子打她。丈夫的粗暴行为，彻底伤透了李贞的心，她披头散发地跑出去准备投河自杀！是邻居含着眼泪将她追了回来。

如果没有后来的变故，李贞或许就成了"认命的女人"，但历史的潮流涌动为李贞的生命掀开了崭新的一页。这年10月，北伐军进入浏阳，李贞加入了革命斗争，她的天才组织能力得到了充分展现。李贞带领一批进步妇女搞宣传、做军鞋，为北伐军征兵筹粮，因为工作做得十分出色，同年冬季被选为浏阳地区妇联委员。

1927年3月，李贞光荣地加入了中国共产党，胆小怕事的婆家害怕李贞会连累到自己，将一纸休书送到了李贞娘家，李贞也终于如愿以偿，完全自由地参加革命活动了。长征前夕的一天，红二方面军总指挥贺龙将时任红二方面军六军团组织部部长的李贞叫到跟前，对她说："中央红军已走了很久了，我们也要走了。这一走很远也很苦，我给你介绍个伴吧，他叫甘泗淇，是红十八师的政委，留苏学生，文化高，人也很正直。"李贞说："这么多人还要找什么伴嘛？他文化那么高，我大字识不了几个，现在是行军打仗，子弹又不认得人，要是我死了，他就得担心；他死了，我也要担心，还是以后再说吧！"

开国女将军李贞同志

但缘分就是这样，共同的工作，共同的目标让两颗心靠得越来越近，他们最终愉快地接受了贺老总的安排，在长征即将开始时，在一个老百姓家借了一间房子，由贺龙亲自主婚，结成了一对情深意笃的革命伴侣。

长征过程中，因为李贞怀有身孕，组织上决定让她就地留下，但李贞严词拒绝，不仅如此，她还将配给自己的一匹马和一顶帐篷让给了伤员。过度劳累加上饥寒交迫，李贞病倒了，最后战友们不得不用一条长布带将她捆在马背上继续行军。她的丈夫甘泗淇见李贞高烧不止，卖掉自己在莫斯科中山大学时期获得的一支金笔，买来了药物才让李贞的高烧退下来。部队过草地时，李贞早产了，只能靠吃树皮、草根维持生命的李贞，根本无法给孩子足够的奶水，还没走出草地，孩子便夭折了，同时也导致了李贞终生不育。

1955年9月27日，中国人民解放军第一次授衔仪式上，李贞是那些叱咤风云的将帅中唯一的女性，毛主席亲手将少将军衔授予她，并握住她的手说："祝贺你，李贞同志，你是新中国第一位女将军！"

第六章

长征中的伟人事迹

面对长征路上的千难万阻，所有革命战士之间大都会相互扶持，不论是名不见经传的小士卒，还是领导者。身为领导者，必然需要以身作则，为下属士兵做出良好的榜样。领导者亲切和善的态度能激励处于困境中的每一名革命战士，从而让更多的人坚定革命信仰，在革命道路上坚持前行。

周恩来总理带病走长征 ▶

周恩来，原籍浙江绍兴，生在江苏淮安，伟大的马克思列宁主义者，中国共产党的主要领导人之一。他品德高尚，拥有杰出的人格魅力，为新中国的诞生和发展奉献了毕生的精力和智慧，深受全国人民的爱戴和赞誉。当然，他也是率领红军走完漫漫长征路的重要领导人之一，虽然不幸在途中患上严重的疾病，最终仍然坚持走完长征路程。

长征途中，因环境十分恶劣，再加上那时红军的饮食、住宿和医疗条件都很差，以致很多革命先烈永远地倒在了长征的路上。周恩来虽然作为红军的重要领导人之一，条件也没有比普通士兵好多少。因为劳累过度，特别是睡眠质量差，睡眠时间不足，周恩来身体非常疲乏，有时甚至骑在马上也会睡着，还多次摔下马来，以致队伍刚刚走过大渡河，周恩来就病倒了。起初只是普通感冒，周恩来也未在意，为了红军的事务依旧劳心劳力，不久就发展成高烧不止，甚至因此而重度昏迷，进食都成为难题。

随军医生诊断周恩来是得了肝化脓，需要做手术。但当时的医疗条件根本不允许，只能采用保守的方式治疗，让士兵去雪山上取些冰块外敷在肝部上方，以免炎症继续蔓延。得知情况的毛泽东和中央其他领导很是着急，只能派几个身强体壮的士兵抬着不能走路的周恩来过草地，同时东拼西凑地提供了一些糖，因为周恩来进食困难，医生建议只能吃糖，这是当时的条件下唯一能够做到的了。

一碗粥对于我们今天的人来说根本不算什么，但那时已经算是十分珍

周恩来同志照片

贵的食物了，周恩来说道："你知道部队现在吃什么吗？"医护人员说道："我知道，他们吃草根、吃树皮，可是您病得这么严重，还要协助毛主席工作，分担全军的重担，难道吃一小碗稀饭都不应该吗？"

周恩来回答道："我们是革命的队伍，一定要官兵一致，好坏大家都要一样。"他最终也没吃下那碗稀粥。在他身体稍微有些好转之后，坚持自己走路，拒绝士兵用担架抬着他走。正是周恩来的这种以身作则和一视同仁的精神感动了红军，红军战士越发地爱戴和尊敬他。

虽然使用局部冷冻的方法稳住了周恩来的病情，便中排出了半盆绿脓，情况稍微有所好转，但仍不乐观。所以待红军好不容易走出了草地，周恩来的随军医生和其他医护人员就千方百计到各个部队找药，周恩来得知后制止说："战士同样需要药品，甚至比我们更需要，绝不能到部队里找，我们有什么就用什么！"后来医生偶尔买到一点止痛退烧的药，就立即拿回来让周恩来服用。后来又在一个集镇上买到了二两银耳，这是当时好不容易弄来给周恩来的"高级补品"。

周恩来、毛泽东与博古

周恩来生病期间，起初毛泽东隔着几百里频频发电报询问病情，表示了对他的殷切关心，并布置相关事宜，令从属人员照顾好周恩来。两军会师之后，毛泽东总是不忘过来探望照顾他，几乎是一闲下来就过来探望他。周恩来当时满脸的胡子，头发很长，异常消瘦，身体也很虚弱，二人对话的时候，周恩来只能用很低的声音和他交流，毛泽东也很体谅周恩来，怕他劳累，嘱咐道："你别说话，多休息，不用管我。"那时毛泽东也瘦了不少。也正是于此间两位重要的共产党领导人建立了深厚的友谊。

在众多红军战士的照顾和殷切盼望之下，周恩来的病情一天天地好转起来，并且参加了毛泽东召集的政治会议，大家都为周恩来的康复归队而感到由衷的高兴。

谦逊乐观的神枪手刘伯承 ▶

长征路途漫漫，又充满着艰难险阻，粮食稀缺尤为严重，因而战士们很难有机会一起嬉笑打闹，仅仅是依靠坚定的信念在坚持。然而，一些态度乐观的同志，也能苦中作乐，甚至还能有意外收获，神枪手刘伯承就有过这样的经历。

1935 年，红军军委总部来到贵州仁怀县一个山坳准备驻扎，警卫班的战士们麻利地把首长和自己的营房安置妥当，在留下值勤人员之后，就一同走到村边的大树下，或是唱歌，或是跳舞，或是摆龙门阵，以缓解行军过程的疲惫。

不一会儿，总参谋长刘伯承恰好出来散步，看到了战士们在那自娱自乐，于是主动参与进来，与年轻的同志们谈天说地，玩得十分开心。

忽然，从头顶的树上传来几声"呱呱"的叫声，刘伯承顺着声音往上一看，在大树纵横交叉的枝丫上，站着一群乌鸦，不由得心中一动，对警卫班的战士说道："你们哪个枪法最准，快打只乌鸦下来给大家打顿牙祭吧！"

大伙儿听后，你看看我，我瞧瞧你，谁也没发言，谁也没动手，有的是怕枪法不准当面丢丑，而有的则是不愿在首长面前卖弄。这时，一个机灵而又调皮的战士站了出来，半开玩笑半认真地说："总参谋长，你文武双全，

八路军一二九师司令部旧址

是全军出名的神枪手，今天就请您给我们来个示范表演吧！"

"要得——！"

"欢迎——！"警卫员们一听，顿时不约而同地拍起巴掌来。

刘伯承听了愣了愣，略微沉思了一下，然后哈哈大笑说："你们还会倒打一钉耙，将起我的军来了！好吧，就让我来试试看。"说着，他不慌不忙地从腰里拔出左轮手枪，也没有瞄准，直接就是抬手一枪，随着"砰"的一声，一只乌鸦应声而落，那黑光闪闪的翅膀还在不停地扑腾。

刘伯承同志的照片

"好枪法，刘总长真不愧为百步穿杨的神枪手！"警卫员们看到落地的乌鸦，异口同声地啧啧称赞。而那位请求刘伯承做示范的警卫员则心中疑虑不定，轻声说道："嗯，树上那么多乌鸦，怕是撞到一只的哟！"

刘伯承听了这话，也不恼怒，只是笑了笑说："也许是这样吧，不妨再考试考试，看到底及格不？小鬼，麻烦你去给我找个鸡蛋来。"

那个调皮的警卫员不知道他要搞什么名堂，心里有些打鼓，只好硬着头皮到伙房里要来了一个鸡蛋。刘伯承又叫他用力朝天上甩，这时他便明白了八九分，于是用最大的力气把鸡蛋朝天上抛去。当鸡蛋飞向天空，看上去小得如同一粒黄豆时，刘伯承把枪一举，"砰"的一声，鸡蛋也是应声而裂，四散的鸡蛋纷纷洒落下来。

看到这，那个调皮的警卫员连忙伸出大拇指，夸赞刘伯承是神枪手。而警卫班的这些战士也被刘伯承的枪法折服，纷纷要拜刘伯承为师，请他教大家枪法。刘伯承看到大家积极的态度，谦逊地说："功多艺熟，业精于勤嘛，什么老师学生的，我们互相学习好了。枪法越准，越能更好地消灭敌人啊！"

自此之后，刘伯承有空就给这些革命战士讲习枪法，战士们也都虚心求教、耐心练习，功夫不负有心人，这些警卫班的战士最后都成了百发百中的神枪手。

一条温暖人心的毛毯 ▶

一条毛毯，可以温暖人的身体。当它被送与战友时，不仅仅能温暖战友的身体，更多的是其代表的战友之间的情义温暖了人心，正所谓礼轻情意重。如今存放于中国人民革命军事博物馆的土地革命战争馆里的那条毛毯，就凝结了老一辈无产阶级革命家的革命友情。

1931年12月14日，在中国共产党的领导下，董振堂和赵博生等人率领国民党第二十六路军一万七千人，发起了著名的宁都起义，起义部队被改编为中国工农红军第一方面军第五军团。

对于这支新生的部队，中革军委主席朱德给予了极大的关注，他亲自从瑞金赶到宁都，看望和慰问红五军的革命战士。朱德先是到营连用朴实的话语向战士们讲述革命道理，显出了他平易近人的风范，这也是当时他留给红五军团副总指挥兼第十三军军长董振堂的第一印象。董振堂觉得朱德就像是多年不见的老大哥一样，充满着关爱之情。随后，朱德又召集十三军的主要干部开会，共同讨论如何健全党组织和怎样做好下次反"围剿"准备等重要的问题。

等到会议结束时，已经接近凌晨。见到天色非常晚了，董振堂执意请朱德在军部留宿一晚。但朱德婉拒说："振堂，不行啊，明天早上还有一个重要的会议要开，我得赶回去。"董振堂见挽留不住，只好送朱德出门。出门后他们发现，天已经飘起片片雪花。这时，董振堂才注意到朱德的穿着十分单薄，他一边让朱德稍候，一边急忙叫警卫员回屋取了一条毛毯送给朱德。见到朱德仍然推辞，董振堂真诚地说道："这条毛毯是我用干净的钱买的，可不是发的洋钱，如果不嫌旧的话，就请您一定收下。"于是朱德感动地接了过来，披上毛毯赶

朱德同志在长征时期使用的毛毯

往瑞金。

而这条毛毯也伴随着朱德在长征时爬雪山、过草地，历经了无数个日日夜夜。

等到红军长征到达陕北后，朱德见时任中央军委副主席的周恩来日理万机，经常工作到深夜，就将这条毛毯送给他御寒，并向周恩来讲述了这条毛毯的来历。

1936年10月初，红四方面军与红一方面军在会宁成功会师。随后，根据党中央部署，董振堂率部编入西路军，渡黄河西征，并指挥所在部队参加攻占山丹、临泽、高台等县城的战斗。1937年1月12日，董振堂在

董振堂同志的雕像

高台县城与近十倍于我的敌人浴血奋战，苦战至20日，不幸在战斗中壮烈牺牲。

噩耗传到延安，广大的指战员无不为之悲痛。周恩来听到后，看着那条毛毯，更是睹物思人，他一边用手轻轻抚摸这条枣红色的毛毯，一边对身边的工作人员说："同志们，革命不易啊！等到全国解放了，我们一定要把这些烈士的遗物陈列起来，以供子孙后代瞻仰。"

1937年春，周恩来前往西安与国民党谈判，乘车时也携带着这条毛毯，由于路途颠簸，他便把毛毯垫在背后。经过甘泉县崂山时，遭遇潜伏在此的国民党武装部队的袭击，密集的子弹从后面的小山包和左边的树林中射出。周恩来从卡车上跳下来，率部一边还击，一边转移，并叮嘱警卫员千万不要遗失了那条毛毯。等到脱险后，周恩来才发现那条毛毯已"受伤"十余处。到了西安，周恩来立即派人进行修补，并交代一定要找城里最好的织补店。

抗日战争爆发后，朱德被任命为国民革命军第八路军总指挥。周恩来为即将前往前线的朱德送行，并且把这条补好的毛毯也带来了，周恩来说："朱老总，你要到前线去了，我把这条毛毯送还给你。振堂同志的毛毯可是宝

贝啊，平常可以保暖，危险时候还能防身……"朱德欣然接了过来。

1938 年 5 月，朱德到山西下河村指挥对日军作战。负责后勤的同志为了让朱德回来能休息得舒服些，将火炕烧得很热。结果不慎之下，毛毯被烧了一个洞。因为担心朱德看了后会十分难过，这名后勤人员便与房东老大娘一起精心缝补好。1939 年，由于毛毯多处磨损断线，它又被送到八路军后勤部的被服厂缝补。而后，朱德继续带着这条毛毯南征北战，直至新中国的成立。

在战争的年代，战友之间的情义尤为珍贵，每个革命战士都很珍惜，尤其是看到战友所送物品，更是能引起人的思念。而在如今，我们也应当珍惜朋友之间的友情，珍藏朋友所送的礼物，因为那是彼此间情义连接的桥梁，当然前提是交朋友时一定要真诚。

董必武两次让马、一次让鞋 ▶

长征路上，爬雪山、过草地、渡河等，可谓是险阻重重。而其中红军最为依赖的几样东西，莫过于粮食、水、鞋子和马匹了，而董必武却做出了两次让马、一次让鞋的举动，为全军的战士做出了杰出的榜样，让众人体会到首长送来的温暖。

红军部队越过了夹金山，临近下山之时，董必武的马夫掉了队，以致没有人牵马，于是他临时让一个名叫钟珠瑞的小伙子给他牵马。

在经过一条冰河沟时，每个人都看到了水流的湍急，也感受到了河水的冰冷。大家都咬紧牙关，小心翼翼地往河里走去，先跳进河水的战士脸都冻青了。小钟牵着马走在董必武的前面，刚一跳进河水里，刺骨的冰水让马突然受到了惊吓，蹄子向前一蹬，猛地回拽了一下缰绳，这让没有防备的小钟一下跌倒在了河里。他还没来得及喊救命，一个漩涡就把他卷了进去，仅仅几秒钟，就把他冲出五六十米远。

大伙儿见状，连忙潜水去救，最终在几个水性较好的同志的帮助下，小钟被拉了上来，虽然呛了许多水，但幸好没有生命危险。由于在冰冷的河水中待了很长时间，被救上来的小钟冻得瑟瑟发抖，牙齿咯咯响。董必武就把自己的马让给他，说："小钟，你骑着，革命的路还很长。"

董必武同志的雕像

"不，我能坚持住，您身体不好，还是您骑吧。"小钟推让着说。但董必武指挥其他战士硬是把小钟抬上了马，然后大步向前走去。等到翻越第二座大雪山时，小钟的脚被冻得已经没有了知觉，小钟实在走不动了，就对董必武说："我走不动了，你们别管我，先走吧。"说完就大哭起来。

董必武深知，一旦让他掉队停下来，就没有生还的希望。于是董必武让勤务员拿出暖瓶，倒了一碗水给小钟，让他先暖暖身子，不一会儿，小钟就缓了过来。然后，徐特立从怀里摸出一个干辣椒，谢觉哉从怀里拿出一小块生姜，成仿吾也把万金油往小钟太阳穴上涂。而等到行军时，董必武直接对小钟说："我命令你，给我骑上马去！"小钟知道董必武的脾气，所以也没有辩解，就乖乖地上了马，但是眼泪已经顺着脸颊流了下来。

还有一次，红军经过一个崇山峻岭的地带。一天晚上，大雨瓢泼而至，天空漆黑一片，伸手不见五指。而红军将要北上的山路又是崎岖不平。

董必武和警卫员小王沿着高低不平的羊肠小道，深一脚浅一脚地摸索着向前赶路。猝不及防之下，小王踩翻了一块石头，重重地摔了一跤，爬起来的时候，浑身是泥水，身上还受了伤，流着血，最为倒霉的是，脚上穿的鞋子不见了。他没有对任何人说，决定咬咬牙挺过去，只好光着脚丫子赶路。

第二天清早，董必武知道小王的鞋子丢了之后，便从马褡裢里取出一双自己的旧布鞋，递给小王说："要取得革命胜利，现在就要吃大苦。你光着脚，是走不出雪山草地的，快拿去穿上吧！"

"我不怕苦，就是打赤脚，也保证在长征路上不掉队，走出雪山草地没问题！"小王坚决地回应道。

董必武听了小王坚定的话语，心里十分感动，再次把那双鞋递到小王手上，说："这是命令，你拿着穿！"

这次小王回答说："我知道首长只有这双鞋，还是您自己留着穿吧。"

董必武却把脚往上一跷，得意地说："这不还有一双草鞋吗？"

"那双草鞋已经很破了。"

"不要紧，我还准备了一批'特制布鞋'。"董必武笑着说道。

小王听后十分困惑，心想，我从长征开始，就一直跟随着首长，哪里有"特制布鞋"呢？别说没有见过，连听都没有听说过，于是他望着董必武，眨眼问道："什么'特制布鞋'？我怎么从来没有听说过。"

"哈哈哈，"董必武大笑了起来，然后指着马背上的马褡裢说，"那不就是吗？"

小王知道，马褡裢里除了董必武的一些办公用具和简单的生活用品外，其余的东西都是在行军途中捡的破烂，比如破布、破鞋、破袜子、破麻袋、破棕片等。

红军战士穿过的草鞋

董必武知道小王的疑惑，由于平时工作忙，也没有给小王解释过。于是他亲自从马褡裢里取出几块棕片，在自己的脚上严严实实地包扎起来。包扎好以后，在地上走来走去，边走边说道："过去古人作战，用铁甲做衣服。我们把这些破烂捡来做鞋穿，用坏了一层，再包扎一层，不就是'特制布鞋'吗？"说完又得意地笑起来。

自此之后，董必武又多了一个捡破烂的伙伴，那就是警卫员小王。而董必武发明的这些"特制布鞋"，在长征行军中广为流传，很多红军战士也是凭借于此爬雪山、过草地，向着革命道路进发。

彭德怀杀大黑骡子 ▶

过草地是红军长征途中最为艰苦的一段历程，在饥寒交迫的情况下，红军战士只能咬牙坚持。粮食吃完后，就去挖野菜、草根、树皮，而走在后面的队伍甚至连野菜都没有，无奈之下，只好杀马、杀骡子等代步工具，以求暂时渡过难关。

彭德怀率领红三军团负责殿后，他眼见战士们一个个因饥饿而昏倒在地，便把目光瞄向了自己的大骡子。

这匹大骡子自江西出发以来，就一直跟随彭德怀，一路上又驮粮食和器材，又驮伤员，每天它背上都堆得像小山似的。有时彭德怀抚摸着大黑骡子念叨着："你太辛苦了，连一点料都吃不上。"说着，就把自己的干粮分出一些，悄悄地塞进大黑骡子的嘴里，一直看着它吃完。

而现在，草地上已经没有可以吃的粮食了，于是彭德怀决定杀骡子以解燃眉之急。他把饲养员喊了来，问道："总共还有几头牲口？"

"连你的大黑骡子还有 6 头。"老饲养员回答道。

"好，全集中起来，杀掉吃肉！"彭德怀的话就是命令。

"什么，杀掉？你不出草地啦？"老饲养员着急了。几个警卫员听后也急忙围拢过来，大声说："军团长，大黑骡子可不能杀呀！"

彭德怀深情地望着拴在不远处的大黑骡子，平静地说："部队现在连野菜也吃不上了，只有杀牲口解决吃饭的问题，或许那样能多一些人走出草地。"

老饲养员流着眼泪对彭德怀说："可是你怎么走出草地？别的可以杀，

大黑骡子一定要留下，它为革命立过功。"

彭德怀拍着老饲养员的肩膀说："你们能走，我也能走。雪山不是已经走过来了吗？草地又算得了什么！大黑骡子是为革命立了功，这次就让它立最后一次大功吧！"

彭德怀元帅

"还是把大黑骡子留下来吧！"大家继续请求道。

彭德怀有些不耐烦了，大声地对身边的警卫员说："邱南辉，传我的命令，让方副官长负责杀骡子！"

等到 6 匹牲口集中到了一起，老饲养员拍着大黑骡子的脖子又在轻轻絮语："大黑骡子呀，大黑骡子！委屈你了，你为革命立大功吧！"

彭德怀背过脸去，不忍心看这场面。然而枪声也没有响，因为谁也不愿意开枪。

20 分钟过去了，没有谁下得了那个狠心。6 匹牲口都好像预感到了什么，集体嘶叫了几声，又默默地低下了头。又过去了 20 分钟，仍然没有枪声响起。

"副官长，快开枪！你不向它们开枪，我就向你开枪！"彭德怀双手叉在腰间怒吼道。

手提机枪的方副官长把 6 匹牲口向远处牵了牵，枪口对准了它们，大家都闭上了眼睛。

枪声响了。彭德怀向着斜倒下去的大黑骡子，缓缓地摘下军帽。这天晚上，草地篝火旁多了些生机。彭德怀推开警卫员端来的一碗肉汤，发火道："我吃不下，端开！"

漫漫长征路，再也见不到大黑骡子的身影了，它的声音、它的英姿，融进了北进的滚滚洪流，融进了宣传员鼓励战士们的竹板声里："身无御寒衣，肚内饥。晕倒了爬起来，跟上去，走到宿营地。"

第七章

民族情谊的绽放

得民心者得天下，人民的力量是决定最终胜利的关键。中共中央深知这一道理，因而即使在艰苦的长征路上，仍不忘关爱百姓、与百姓和谐相处。这样军民一家亲的局势，也使得党中央的政策深入人心，让百姓信赖红军、援助红军，在一定程度上缓解了红军所面临的军需问题，使得红军有了继续北上的条件。

红军鞋 ▶

大雪山位于四川境内，是一座危险与魅力并存的山脉，也是最难以征服的高山，当地老百姓把大雪山叫作"神山"，意思是除了能腾云驾雾的神仙，就连鸟儿都无法飞越过去。

苏区的乡亲送给我这双鞋

棉布的鞋帮密密的针线

千层底上绣的字

激荡了我的心

红军精神万万年

红军鞋 红军鞋 红军鞋……

这首歌叫《红军鞋》，相信许多人都听过，这首歌旋律很简单，歌词也很朴实，可是当旋律响起时，总能让人心潮澎湃，跟随旋律回到曾经那段让人难忘又热血澎湃的岁月……

　　这天，红军来到大雪山下，受到当地百姓的热烈欢迎，当战士们抬头仰望面前这座白雪皑皑的高山，耳边又响起乡亲们的劝告："这是一座神仙山，除了神仙没人能过去。"听到百姓这样说，许多战士心里产生了很大的顾虑，为了鼓舞士气，打消部队的顾虑，毛主席在出发前的动员大会上说道："'神山'不可怕，红军战士应当有志气，和'神山'比一比，我们一定能够征服这座'神山'。"毛主席的话打消了战士们心中的顾虑，一时间大家摩拳擦掌，斗志昂扬，做好了翻越"神山"的准备。

　　部队出发前，上级要求每个战士都要准备好两双鞋，要把脚保护好。可是对于战士小刘来说，备好两双鞋却是一个不小的难题，他低头看看脚上那双破烂不堪的草鞋，再摸摸别在腰里的那双"量天尺"，一时间思绪万千。

一双充满情感的红军鞋

　　"量天尺"是一双结实的布鞋，鞋帮上绣着"慰劳红军战士"几个字，字虽然绣得很简单，可是里面却包含了老百姓对红军战士的深厚情谊。看到这双鞋，小刘想起部队离开中央苏区时的情景。一位老大爷拉着他的手，把这双鞋塞到他怀里，哽咽地对小刘说："孩子，这鞋一穿到红军的脚上，就成了'量天尺'了，就算地再广天再高，也阻挡不了你们的脚步，总有一天你们能够用脚把它'量'完。"老大爷的话一直留在小刘的心里，这双鞋也成了他最好的朋友，无论面对怎样的艰难困苦，都能给他精神鼓励。

　　记得在离开江西的最后一次战斗中，小刘的脚受伤了，当时条件非常艰苦，没有医药也没有担架，他每天只能拖着受伤的脚，一步一步往前挪，有时候实在忍受不住了，就从腰里取出那双"量天尺"，小心翼翼地穿在脚上。鞋底软软的，特别舒服，只要一穿上它，小刘就立刻有了莫大的勇气。他的耳边响起老大爷的祝福，想起苏区人民的期望，也就忘了脚上的伤痛。后来，他脚上的伤好了，他又把这双"量天尺"脱下，别在腰上，看着鞋底磨损的痕迹，非常心疼，从此再也不舍得穿了。

对于小刘来说，"量天尺"不仅仅是一种精神鼓励，还是他的"救命恩人"。在攻打遵义时，他们连担任攻城任务。战士们一个个生龙活虎，铆足劲儿要完成任务，小刘也是如此。他正聚精会神地攻打敌人时，突然感到腰部一阵疼痛，"不好，中弹了"，小刘立刻产生了一种不好的预感，也许自己要牺牲了，可是任务还没完成，自己在此时牺牲，心里很不甘心。他伸手摸了摸受伤的部位，没摸到伤口，却摸出一颗子弹，原来这颗子弹恰好打在"量天尺"上，子弹穿透鞋底，紧挨在腰股旁的皮肤上。战斗结束后，战友们见了纷纷称赞这是一双"救命鞋"。小刘看着手里的鞋子，却有一丝遗憾，因为鞋子被打穿了一个大窟窿，从此他更加爱惜这双鞋了。

部队出发的号声打断了小刘的思绪，部队开始翻越雪山了，小刘也换上了那双"量天尺"，他踩着柔软的鞋子，充满了力量。作为一名炮兵，他的肩上要扛几十斤的迫击炮炮筒，走起路来就更困难了。小刘踏着前面雪梯似的脚印，一步一步艰难移动，脚虽然早就被冰雪冻得失去了知觉，但每次看着脚上的"量天尺"，他就会感到一股热劲，好像苏区的老乡们在背后推着他前进一样。

部队终于征服了这座让人"闻风丧胆"的大雪山，小刘也赶紧脱下脚上的鞋子，细心擦掉上面的泥巴后又小心翼翼地挂在腰间。

张贴红军布告 ▶

1935年，中央红军由云南巧渡金沙江，摆脱了敌人的围追堵截，进入四川凉山地区。与此同时，国民党扬言要把红军消灭在大渡口。面对这种严峻形势，党中央决定成立以刘伯承为司令、聂荣臻为政委、罗瑞卿为参谋长的红军先遣部队，为红军开路。

1935年5月20日，刘伯承与聂荣臻率领的先遣队最先到达泸沽，为了抢占大渡河，刘伯承等决定取道冕宁，过凉山彝区到安顺场。刘伯承和聂荣臻心里明白，过彝区绝不是件简单的事情。如果这个事情处理不好，部队可能寸步难行。

刘伯承的担心不是没有道理，由于当时四川境内的军阀和国民党对当地百姓采取了残酷的民族压迫政策，使当时的冕宁民族矛盾十分尖锐，当地的彝族人民对汉族有很大的抵触情绪。加上国民党大肆造谣，一时间人心惶惶。所以，先遣部队一进入彝区就被当地人拦住了去路，并且遭受了几次武装袭击。针对这种情况，5月22日，红军在冕宁县城张贴了具有历史意义的《中国工农红军布告》（以下简称《布告》），《布告》指出："中国工农红军，解放弱小民族；一切彝汉平民，都是兄弟骨肉。可恨四川军阀，压迫彝人太毒；苛捐杂税重重，又复妄加杀戮。红军万里长征，所向势如破竹；今已来到川西，尊重彝人风俗。军纪十分严明，不动一丝一粟；粮食公平购买，价钱交付十足。凡我彝人群众，切莫怀疑畏缩；赶快团结起来，共把军阀驱逐。设立彝人政府，彝族管理彝族；真正平等自由，再不受人欺辱。希望努力宣传，将此广播西蜀。"

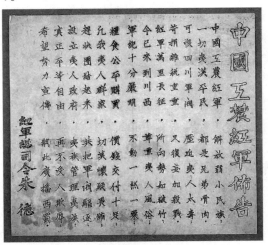

中国工农红军布告内容

《布告》语言浅显易懂、朗朗上口，简短的几句话表明了中国共产党对于民族问题的基本主张和维护民族统一的决心。为了让当地百姓明白红军的主张，在语言不通的情况下，红军战士采用了别具一格的沟通方式，他们把竹子砍成同样高度一排排立在那里，用手比画说："虽然你是彝人，我是汉人，但我们都一样高，这就是民族平等。"为了打消当地人民的疑虑，红军战士们严格遵守纪律，因为当时有许多不明真相的百姓听信谣言躲进大山里，红军征用了老百姓的粮食，就会把钱放在粮袋里，用了柴，就把钱放在柴堆里，红军用自己的一言一行渐渐取得了老百姓的信任。

《布告》不仅仅是口号，广大红军官兵上下一心，用自己的行动完美诠释着《布告》的精神。红军一到冕宁就释放了被国民党县政府关押在监狱里的彝族人质，并跟他们详细介绍了《布告》里的内容，让人们明白，红军是帮助他们摆脱压迫，翻身做主人的。在红军的不懈努力下，只用了短短几天就赢得了彝族人民的信任和爱戴。

《布告》中首次提出了"万里长征"的说法，很快，这个词就如星星之火一样，迅速蔓延到全国乃至全世界。长征结束后，毛泽东曾经说过："讲到长征，请问有什么意义呢? 长征是历史纪录上的第一次，长征是宣言书，长征是宣传队，长征是播种机。"

长征庄重地宣告了共产党的民族政策：各族人民一律平等，各民族都是中华儿女，是祖国不可分割的一部分，并明确提出尊重少数民族风俗习惯、建立民族区域自治的思想和主张。

具有光荣革命传统的凉山革命遗址

凉山是一块具有光荣革命传统的土地。经过红军队伍的宣传，当地人民接受到革命教育，明确了革命方向。有一大批凉山儿女加入了革命的队伍，还有很多成为中国共产党的高级干部。在冕宁，红军还建立了入川以来的第一个革命政权——冕宁县革命委员会。新的革命政权专门设立了弱小民族科，这在历史上是第一次设立关于民族问题的科室，也是今天从中央到地方设立的民族工作机构的雏形。同时，还成立了中国共产党冕宁县工作委员会，建立了武装组织"抗捐军"。红军点燃的星星之火一直燃烧在这块土地上。

1950年3月，刘伯承指挥的中国人民解放军解放了凉山。六十多年来，在党的领导下，凉山人民创造了一个又一个奇迹，凉山以全新的面貌展现在世人面前。这是凉山人民的骄傲，也是全国人民的骄傲。

歃血为盟 ▶

长征时期，红军若要北上同红四方面军会师，首先要穿过彝民区，渡过大渡河。但是，当时民族矛盾尖锐，想要顺利通过彝区并不是件容易的事情。当刘伯承带领部队深入彝区时，与沽基部落首领小叶丹"歃血为盟"，为红军经过彝民区打开了通道，为长征的胜利奠定了基础。

歃血为盟，好像只在影视剧和小说中才出现，带有浓厚的江湖气息。可是在长征过程中，红军也做过"歃血为盟"的事情。不过这次"歃血为盟"却不是江湖义气，而是为民族、为国家做出的重大成就。

说起歃血为盟的故事，不得不提一个人，他就是小叶丹。1935年5月，刘伯承带领的红军先遣队最先到达凉山的彝族地区。由于当时彝族人民对红

饱含民族情谊的彝海结盟纪念碑

军有很大的误解和恐惧，他们百般阻挠红军进入凉山地区。当先遣部队到达大桥镇彝汉杂居区的喇嘛房时，遭受到不明真相的彝族群众的武装攻击，部队被迫缩短行军距离。走到彝海子，突然从身后额瓦方向传来枪声，同时涌出成百上千的彝人，他们挥舞着手里的大刀和棍棒，向红军战士冲过来。接着，后面传来消息，跟在后面的工兵连因掉队和没有武器，所带的工具、器材都被彝人抢光，衣服被剥尽，被迫原路退回出发地。

面对这种挑衅行为，有些战士义愤填膺，想要采取以牙还牙的方式，可是刘伯承却要求战士们保持冷静，绝对不能向受苦受难的彝族同胞开枪，与此同时战士们向当地百姓大力宣传党的政策。红军这种爱民表现被一个人看在眼里、记在心里，他就是彝族领袖小叶丹。尤其是他亲眼见到红军北上先遣队司令员刘伯承后，更是对红军多了一层深深的敬意，在这种情况下，他提出要与刘伯承司令按照彝族习惯歃血为盟。

小叶丹兄弟六人，他排行第四，是一个倔强而豪爽的人。因为处于贵族地位，年轻时的小叶丹善于交际又很讲义气，所以在当地结交了许多朋友。人到中年，年轻时的冲动渐渐消退，他开始学习各种法与典故，加上能言善辩，很快成为彝族的领袖人物和重大事件决策者之一，被当地百姓称为"善于辞令的尊者"。

5月22日，刘伯承与小叶丹在彝海旁边并肩跪下，对天盟誓，饮鸡血酒。刘伯承率先举起盛有"血酒"的茶缸，坚定地说出自己的誓言："上有天，下有地，我刘伯承与果基约达今天在这海边结义为兄弟，如有反悔，天诛地灭！"小叶丹接过刘伯承手中的"血酒"，激动地说："我果基约达今日与刘伯承司令结为兄弟，如有三心二意，如此鸡一样——断头而死！"

当天傍晚，红军先遣部队从百姓手里买来酒和菜，设宴庆贺结盟。同时，刘伯承把一面写有"中国夷（彝）民红军沽鸡（基）支队"的红旗赠予小叶丹，并委任小叶丹为支队长。

第二天，红军先遣部队在小叶丹的引导下，通过俄瓦彝海向北前进。沿途到处是成群结队的彝人，嘴里还发出阵阵的呼喊声。但是，这次的呼喊声没有一丝愤怒和恐惧，而是充满了喜悦和不舍。就这样，在小叶丹的护送下，红军部队顺利通过敌人估计他们无法通过的彝区，为奇迹般的万里长征增添了最光彩的一笔。

> 清清海水流不尽啊，
> 红军啊，"三斗三斤"，
> 红军一去已数春啊，
> 也不呀，捎个信。
> 彝家盼红军啊，
> 三天三夜呀，说不尽。
> ……
> 彝家受尽千年苦啊，
> 彝家有苦无处倾。
> 一心啊，盼红军，
> 盼您啊，回来救彝家人。

四川省人民政府公布彝海结盟处

　　此后每年的火把节，彝族人民都会聚集在彝海旁边，跳着锅庄舞，唱着这首充满期盼的民歌。1950 年，西康省解放，小叶丹的妻子时刻记着丈夫的嘱托，把当年刘伯承赠予他的那面红旗献给了政府。如今，这面象征民族团结的旗帜被珍藏在中国人民革命军事博物馆，它是彝族人民的光荣，红军的光荣，长征的光荣。

藏区格达活佛心系红军 ▶

五世格达活佛，法名洛桑登真·扎巴他耶，出生在一个贫困的农民家庭。7 岁时被认定为甘孜白利喇嘛寺活佛，是红军朋友、藏人领袖，也是著名的爱国主义人士，为西藏和平解放做出了卓越贡献。

在甘孜县有一个特殊的爱国主义教育馆，馆名为"朱德总司令和五世格达活佛纪念馆"，是为纪念五世格达活佛专门建造的。

五世格达活佛，1902 年出生于甘孜县白利乡德西底村一个贫苦农民家庭。7 岁被认定为甘孜白利喇嘛寺活佛，8 年后获得格西学位。格达活佛是一个睿智而见识高远的人。1935 年，中国工农红军北上抗日途经藏区，为了阻止红军北上，国民党使出了种种手段，先是勾结当地的反动喇嘛和土司头人，组织反动武装，又禁止百姓给红军带路、卖给红军粮食、向红军提供任何帮助。一时间整个藏区人心惶惶，不明真相的百姓拖家带口逃入深山。

朱德总司令和五世格达活佛纪念馆

红军进入藏区后面临着前所未有的困难，为了取得广大藏族人民的支持，部队不停地宣传红军的纪律和民族主义政策。红军的宣传很快传到格达活佛的耳朵里，他时刻关注着红军的一举一动，他了解到红军官兵严格遵守部队纪律，不仅没有打扰当地群众生活，还竭尽全力为当地人民提供帮助；红军还尊重宗教信仰，保护寺庙，尊重当地的风俗习惯。这一切，格达活佛看在眼里并深受感动，他明白，红军是一支能够帮助苦难的藏族人民脱离苦海、翻身做主人的军队，红军能够带领藏族同胞走向幸福，她不是藏区人民的敌人，而是最好的朋友，是救星。

从此，格达活佛就成了红军的义务宣传员，他每天都要向藏族同胞宣传红军的民族政策，尽力说服民众不要听信谣言，希望他们能回到家中，安居乐业。在格达活佛的不懈努力下，越来越多的藏族同胞打消了疑虑，纷纷返回家园。当格达活佛得知红军缺少粮食时，又积极发动和组织群众为红军筹备粮草，他甚至把寺院中储备的粮食都拿出来送给红军。

格达活佛的支持让红军将领非常感动，朱德总司令亲自到寺院看望这位睿智的佛教界爱国人士。那天，活佛与朱总司令促膝长谈，朱总司令向格达活佛详细介绍了中国红军，介绍了中国革命以及中国为什么要进行革命。总司令的一席话让活佛对中国共产党有了更清醒的认识，也坚定了他永远跟着共产党走的信心和决心。

1936年，中华苏维埃博巴政府在甘孜成立，格达活佛被选为副主席，从此他用更饱满的激情投身于支援红军的行动中去。同年7月，朱总司令离开西藏前将自己的军帽送给活佛，并对他说："这顶军帽送给你，看到它，就像看到了红军，我们一定会回来的。"

"彩云啊光彩明亮/是红军的旗帜在发光/雄伟的高山啊/是红军的臂膀/留给我们的金玉良言/藏族人民永远记在心上"

"高高的山坡上/红艳的鲜花怒放/你跨上骏马背上枪/穿过荆棘的小路/攀到山那边去了/啥时再回这地方"

"山上种树盼果实/地里播种盼丰收/英雄的红军早回来啊/藏族人民盼望苦日子有尽头"

这是红军离开后，格达活佛写的诗，从这些朴素的文字中，我们不难看出活佛那颗赤诚的心。

红军离开后，格达活佛与当地藏民在白利寺挽留和保护四百多名红军伤病员，为此他被当地反动派所忌恨，人身安全受到威胁，不得不逃亡到西藏

格达活佛生活过的白利寺

拉萨避难。在拉萨避难期间格达活佛也经常为朱总司令念经祈福，为红军祈祷平安，并经常打听红军的消息，向拉萨的友好人士宣传共产党的政策。就是这样一位赤诚的爱国人士却遭到各种反动势力的迫害，于1950年含恨而终，时年仅48岁。

格达活佛虽然离开了我们，但是他的爱国精神却化作一座永不消失的丰碑，屹立在每个人的心里，时刻鼓励人们奋勇向前，为祖国为人民做出自己的贡献。

藏族红军战士天宝 ▶

美国作家埃德加·斯诺的《延安笔记》记载了这么一位战士：他是一个瘦高个、卷发，行为和其他战士不太一样而且不懂得汉语的红军战士。作家笔下的主人公就是天宝，一位藏族红军战士。

天宝，原名桑吉悦希，曾经只是一位普通的藏族小伙。他兄妹五人，大弟弟为了生活长期在外流浪，靠乞讨为生，小弟弟小时候被人拐卖到牧区，从此杳无音讯。当时，只有八岁的小天宝被走投无路的父母送到寺院，开始了苦修的生活。每天除了学藏文、念经，年幼的他还要负责打扫寺院卫生、上山砍柴等繁重的体力劳动。在寺庙期间他常因为无法忍受饥饿的折磨而偷跑回家。一次次跑回家，一次次又被送回寺庙，就这样天宝生活到十八岁。

藏族红军战士天宝

1935年对于天宝来说值得纪念一生，这年天宝刚满十八岁，这年，红四方面军长征来到天宝的家乡阿坝。为了阻止红军的到来，国民党散布了一个又一个谣言，"杀人放火""共产共妻""灭族灭教"……一时间当地百姓人心惶惶，有钱的人家跑到城里躲避，老百姓们只能躲藏在大山里。在红军到来之前，天宝曾经说："我是一个穷人，还是一个扎巴（藏语喇嘛的意思），没什么可怕的。"但是最终他经不住乡亲们的劝阻，和乡亲一起跑到了山上。

藏民们躲在山上，一方面提心吊胆，一方面又好奇地观察着这支红军队伍。时间一久，他们发现红军队伍根本不是他们想象的那样，这支队伍纪律严明，从不骚扰百姓。在事实面前，谣言不攻自破，百姓们慢慢走出了大山，并接纳了这支队伍。

当时有许多藏族同胞加入了红军的队伍，天宝也动心了，他想，别人能当红军我也能。就这样，他毅然脱掉袈裟，告别父母，成为一名光荣的红军战士。当他穿上一套不太合身的半新不旧的军装时，心里充满了对新生活的渴望。

因为天宝从小在寺院长大，知道一些藏文，在参军的年轻人中也算是知识分子，所以被任命为副队长。直到参军后，天宝才知道这支队伍叫作"共产主义少年先锋队"，其主要任务是为部队筹集粮食，打土豪分田地。

刚参加红军时，天宝并不认识汉字，就连汉话都不会说。但是，这些都没有难住他，谈起学习他无比自豪。回忆起那段艰难而又光荣的岁月，天宝说："当时部队处境困难，前有敌人堵截，后有追兵'围剿'，部队没有粮食弹药，可这些困难都没让一个红军战士退缩，我们时刻保持最高昂的斗志。一路打仗一路学习，休息的时候还要考试，考不及格，还要挨批评。"就这样，在行军过程中，天宝不仅学会了说汉语，还学会了许多汉语歌曲，一路歌声，一路宣传。作为一名藏族人，天宝天生的好嗓子，闲暇时，他经常给战士们唱藏族民歌。天宝说："唱歌不仅能放松心情，更能鼓舞士气，在那样艰苦的环境中，没有什么比斗志更重要。"

历史就是这样，它在漫长的岁月中真实地记录着每一个烙印，让后人从历史的点滴中见证一个时代的精神。天宝就是一面镜子，从他的身上折射出共产党民族政策的光辉。在那段不堪回首的岁月里，天宝凭借坚定的信仰和孜孜以求的精神，在党的培养下，从一名小扎巴成长为一名坚定的共产主义战士，一个既有革命理想又能正确贯彻执行党的方针政策的德才兼备的优秀少数民族干部。他参与制定了许多符合西藏实际情况的重大方针政策，通过一次又一次的宣传工作，争取到了藏区各阶层人士的理解和支持，为西藏的和平解放做出了重大贡献。

西藏布达拉宫

历史是一个民族灵魂的灯塔，屹立在负重前行的道路上，为每一个人指明前行的方向。仰望历史的苍穹，星光熠熠，无数革命前辈犹如一颗颗闪烁的明星，永远散发出夺目的光芒。其中有一颗就叫天宝，在人们注视它时，才发现他是如此光彩夺目。

归化寺迎贺龙破例组织"跳神" ▶

在北京的中国人民革命军事博物馆里有一个特殊的藏品，就是一个写有"兴盛番族"的红色锦幛。在锦幛的右端竖书"中甸归化寺存"，左上角竖书"贺龙"。这不是一个普通的锦幛，而是包含中国工农红军与云南藏族同胞情谊的历史见证。

归化寺占地500亩，呈椭圆形城垣，其建筑造型也充分体现了藏式建筑特点，具有浓厚的宗教意味。归化寺有自己的武装组织，寺庙内的活佛是最高统治者，在当地都有举足轻重的作用。

1936年，贺龙和任弼时率领的红二、六军团到达云南中甸。在历史上，历代统治者都采取了民族歧视政策，因此少数民族与汉族有很深的隔阂，加上国民党大肆造谣，使得当地百姓人心惶惶，对红军的到来充满恐惧，甚至

云南香格里拉归化寺

有许多人还有敌对情绪。所以，当红军部队到达中甸时，家家关门闭户，甚至许多人都躲藏到深山里，归化寺也不例外，在松本活佛的要求下，僧众紧闭寺门，严加防范。

贺龙和任弼时见此情景，知道百姓对红军部队缺乏了解，当时两位领导就下达了命令：严格执行党的民族政策，尊重当地百姓的民族习惯和宗教信仰，不损坏百姓的一草一木，不拿百姓一针一线，并且颁发了《中华苏维埃共和国中央革命军事委员会湘鄂川黔滇康分会布告》，申明"本军以扶助番民解除番民痛苦、兴番灭蒋、为番民谋利益为目的"，行军所至，秋毫无犯，战士们严格按照"马不踩青稞，人不进经堂"的规定。

当地百姓看到这支红军部队和以前的军队完全不同，不仅纪律严明，还处处为百姓着想，为了不打扰百姓，他们竟然夜宿街头。就这样，红军战士们用他们的真诚渐渐感动了当地百姓，红军方面也加强了对百姓的宣传教育工作，与藏族同胞交朋友，一步步获得了当地人的理解和信任。在这种情况下，归化寺喇嘛夏那古瓦自愿与红军"首领"谈判。1936年5月1日，贺龙在部队驻地热情接待了夏那古瓦等人，除了阐明了红军的宗旨和民族宗教政策，还特意托夏那古瓦转交给归化寺掌教八大老僧一封信："掌教八大老僧台鉴：一、贵代表前来，不胜欣幸。二、红军允许人民宗教信仰自由，因此对贵喇嘛寺所有僧侣生命财产绝不加以侵犯，并负责保护。三、你们须即回寺照安生业，并要所有民众一概回家，切不要轻听谣言，自造恐慌。四、本军粮秣请帮助操办，决照价支付金钱。五、请即派代表前来接洽。"

阅读完贺龙的来信，松本活佛非常高兴，他特意邀请贺龙来归化寺做客。1936年5月2日，贺龙一行人来到归化寺，活佛及八大老僧和几十名喇嘛用最隆重的仪式迎接贺龙一行，并且破例举行了只有在每年冬月庆祝丰收、祈祷吉祥如意时方举行的宗教盛典——"跳神"仪式：30多个戴着牛马面具的喇嘛一对对地出来跳舞，舞姿豪放粗犷，演绎佛经里的种种神奇故事。

在归化寺做客期间，贺龙把写有"兴盛番族"的锦幛赠给松本活佛。红军的真诚让活佛非常感动，僧侣们纷纷表示愿意帮助红军。后来，在八大老僧的努力下，当地有名的商人、富裕户纷纷加入支援红军的队伍。在归化寺与当地同胞的大力支持下，红军仅用两天就筹集了20万斤粮食，让红军短期

归化寺的庆典活动

　　内备足了抵甘孜前翻越雪山所需粮秣。此外，归化寺还派武装喇嘛担任向导，支持红军北上。

　　斗转星移，当初的归化寺由于种种原因，曾经一度消失在人们的视野中。后来，在党的大力扶持下，当地政府拨出专款，修复了部分建筑。虽然如今的归化寺已经没有了往日的辉煌，但那段藏族人民与红军之间的友谊却永远在人们中间传唱。没有人会忘记这段历史，因为只有铭记中国革命史才能正确创造未来，才能深刻了解过去，全面把握现在和未来。

第八章

三军过后尽开颜

漫漫长征路，红军战士一步步走来，尽管艰难，但最终迎来了胜利。在红军北上的路途中，包座是北上的隘口，腊子口是通向甘南的门户，而吴起镇则是红军的目的地。因此，为了革命的胜利，为粉碎国民党的"围剿"，毛泽东部署和指挥了一场又一场战役，最终取得了会宁会师的成果，为党的下一步方针的实施奠定了基础。

包座战役，打开北上通道 ▶

在四川北部与甘肃交界处，有一个若尔盖县求吉乡，它与包座的交界处，南北长 10 公里、东西宽 6 公里，多为高坡、森林地带，是松（潘）甘（肃）古道要冲，而这里也是包座战役的遗址。1935 年 8 月 29 日，红军发动了持续一天一夜的包座战役，顺利打开了北上的通道。

1935 年 6 月，红四方面军与红一方面军在四川懋功会师。8 月 3 日，红军总部制订了夏洮战役计划，将会师的红军混编分成左右两军，由朱德、张国焘率领在卓克基及其以南地区的第五、九、三十一、三十二、三十三军为左路军，经阿坝北进；由徐向前、陈昌浩率领在毛儿盖地区的第一、三、四、三十军为右路军，经班佑北上。而中央、中革军委随右路军行动。

8 月 20 日，中共中央政治局在毛儿盖召开会议，会议上批评了张国焘西进的错误主张，并决定以主力军迅速占领以岷州为中心的洮河流域地区，然后以此向东行进取得陕甘地区。随后，右路军进入茫茫的若尔盖大草原。在克服了泥泞和饥饿等困难之后，红军将士终于在 8 月底到达班佑、巴西地区，左路军也顺利经过草地到达阿坝。

班佑以东之上、下包座位于松潘北部，群山环抱，地势险要。守敌胡宗南部独立旅第二团分驻上包座的大戒寺和求吉寺，两处凭借山险林密，筑以集群式碉堡，构成一个防御区，卡在红军进入甘南的必经之路上。胡宗南发现红军过草地北上，急令第四十九师由松潘以北的漳腊驰援包座，并在上、下包座至阿西茸一线堵截红军。消灭包座之敌、开辟前进道路，是摆在红军右路军面前的迫切任务。徐向前主动向党组织建议，由红四方面军来承担攻打包座的任务，并准备采取围点打援的战法，全歼包座和来援之敌。

包座战役遗址

29 日黄昏，部队发起攻击。经一夜激战，红军扫清外围据点，并攻占了大戒寺。残敌退入大戒寺后山碉堡负隅顽抗，等待援兵。为诱敌来援，红军采取围而不攻的战术。30 日凌晨，援敌四十九师先头部队二九一团进抵大戒寺以南，为诱敌深入，红三十军以二六四团略作阻击便且战且退，撤至大戒寺东北山区隐蔽。敌见我军阻击无力，包座敌人又频频告急，便放心大胆地急速前进。至当日下午，敌二九一、二八九两个团进至包座河西岸，二九四团进到包座河东岸，师部进至大戒寺以南，全部被诱入红军伏击圈内。

下午三点，红军向敌四十九师正式发起总攻，隐蔽在山上的红军将士一齐向敌出击，红军第八十八师第二六八团由包座河以西像一把钢刀一样插入敌二九一团和二八九团中间，直接切断了东西两岸敌人的联系，敌四十九师被分割成三块，首尾不能相顾。刚刚走出草地的红军英勇拼杀，气势正盛，完全压倒了敌人。

巴西会议旧址

一小时以后，红军率先将敌二九一团歼灭。经七八个小时的激烈战斗，终于在当晚将胡宗南的第四十九师全部歼灭，敌师长伍诚仁受重伤后跳河。而固守在大戒寺后山高地的 200 余敌人，见到大势已去，在红军的政治攻势下全部缴械投降，求吉寺之敌也被全部歼灭。

包座战役是红一、四方面军会师后的一个大胜仗，在这场战役中，红军战士歼灭包座地区守敌以及援敌的大部，共击毙、打伤、俘虏敌军 5000 余人，缴获轻重机枪 50 余挺，长短枪 1500 余支，甚至还缴获了红军急需的牦牛、骡马、粮食以及弹药等军用物资，及时补充了北上红军的军需。

包座是红军北上的隘口，包座战役的胜利意味着红军扫清了北上的障碍，打开了向甘南地区进军的通道，同时也意味着敌军企图把红军困在草地的阴谋彻底破产。

天降神兵，巧夺腊子口 ▶

腊子口系藏语之转音，意为"险绝的山道峡口"。实如其名，腊子口宽约 30 米，周围是崇山峻岭，两边绝壁峭立，腊子口河从峡口急流而下，隘口处架有一座木桥，横跨于两岸陡壁之上，是通过腊子口的唯一通道。而这"一夫当关，万夫莫开"之地，是红军北上必经之路。

突破天险腊子口

1935 年 9 月 13 日，党中央率陕甘支队（由红一方面军第一、三军和军委纵队改编）由俄界出发，沿白龙江东岸北上，在经过了高山、密林以及歼灭部分敌军后，于 17 日到达岷山脚下的腊子口。

腊子口是岷山山脉的一个重要隘口，是川西北通向甘南的门户，地势非常险要。蒋介石在岷县、腊子口地区配置了两个师的兵力，企图凭借天险挡住红军的去路。敌军鲁大昌率两个营驻守在腊子口，一个营扼守隘口，一个营驻守隘口后边的三角形谷地，师主力则驻扎在隘口以北至岷县一带，可随时增援，同时在桥头和山崖上构筑了碉堡，形成了交叉的火力网。

毛泽东清楚地知道，纵使腊子口再险，红军也要攻下来，否则北上的计划就会泡汤，红军也将面临被困死的局面。因而，他果断地下达了"两天之内拿下腊子口"的命令。

9 月 17 日下午，红一军二师四团向腊子口发动了猛烈的进攻，但由于地形不利，兵力无法展开，从下午攻到半夜，连续冲锋十几次都被敌军的碉堡压制着。鲜血染红了湍急的腊子河水，碉堡里的国民党守军叫嚣："你们就是打到明年今天，也别想通过我们鲁司令的防区腊子口。"

半夜时分，红军部队暂停进攻，重新研究作战方案。既然强攻不行，那就只能是智取，红军把目光投向了敌人碉堡旁的悬崖峭壁。

关键时刻，一个外号叫"云贵川"的苗族战士毛遂自荐，说能爬上去。政委杨成武询问后，得知他在家采药、打柴经常爬大山、攀陡壁，就同意让他试试。

"云贵川"赤脚骑马渡过腊子河，腰上缠着红军用绑腿绳接成的长绳，手持一根绑上钩子的长杆，用它钩住悬崖上的树根、崖缝、石嘴，用脚趾抠住石缝、石板，一段一段往上爬。这里离敌人虽然只有两百来米，但石壁向外突出，是敌人观察的死角。在这众人紧张万分的时刻，"云贵川"不负众望，成功攀爬了上去。

而后，红四团紧急决定兵分两路，一路由政委杨成武率领第六连从正面进行夜袭，夺取木桥，若是偷袭不成，就连续发动进攻，以求消耗敌军体力和弹药，最终达到引起敌人恐慌的目的。另一路由团长王开湘率领第一、二连，悄悄地迂回到腊子口右侧，攀登陡峭的崖壁，摸到敌人后面去。

然而，迂回部队尽管斗志昂扬，却因腊子河水流湍急而望崖兴叹。因为开始徒步涉水的战士险些被河水冲走，而依靠几匹骡子来回骑渡却又会错过进攻时间。后来，红军战士砍倒了河边的两棵大树做成独木桥，迂回部队才顺利渡过了腊子河。

正面部队按计划向敌人发起了猛攻，在敌人手榴弹的攻势下，几次都没能接近桥头，而炸裂的弹片已在桥头 30 米内的崖路上铺了厚厚的一层。时间

天险腊子口战役纪念地

一分一秒地过去，4 点到了……迂回部队到达目的地后一红一绿的信号弹还没有发出。负责正面攻打的杨成武十分着急，因为如果天亮前迂回部队到达不了指定位置，不能在桥头上下联合起来给敌人最后一击，那么整个战斗部署就会暴露，强攻腊子口也将宣告失败。

正在众人焦急万分的时刻，山上升起了一红一绿的两颗信号弹。红四团随即展开了总攻，山上山下联合开火，很快就突破了敌人设在腊子口后面三角地带的防御体系，突破了峡谷后段的第二道险要阵地，通过了敌人在峡谷内点燃的火墙……拂晓，天险腊子口已被全面打开，敌军向岷州方向溃退。而取得胜利的红军战士们，迎着朝阳放声高呼。

红军乘胜追击，在大拉山下，碰见了几个汉族老乡。这是红军进入雪山草地后，第一次见到能互通语言的老乡。9 月 18 日，红军翻越岷山山脉的最后一座高山——大拉山，冒雨进占了甘南的交通重镇哈达铺。在这里，就是一份旧报纸，再次让红军将士欢呼起来，因为上面写着：徐海东率领的红二十五军和陕北刘志丹红军会师。

吴起镇，是长征的结束，也是革命的新起点 ▶

1935 年 10 月 19 日，红军到达吴起镇。至此，中共中央红一方面军主力部队结束了历时一年的长征，行程总共是两万五千里。在这里，中国共产党建立革命根据地，红军革命将迎来崭新的开始。

1935 年 9 月 18 日，红军部队进入哈达铺后，发现一张国民党的《晋阳日报》，报上载有一条阎锡山部队进攻陕北红军根据地刘志丹部的消息，说："陕北刘志丹赤匪部已占领六座县城，拥有正规红军五万多人，游击队、赤卫军和少先队二十余万人，窥视晋西北，随时有东渡黄河的危险性。"

看到这条消息，毛泽东同志非常重视，而广大红军指战员无不为之欢欣鼓舞。但是，哈达铺距离陕北苏区还有千余里，还要途经六盘山脉。当时的红军战士已是十分疲惫，要到达陕北苏区，每天必须行军百八十里，而且沿途还要抵御敌军的阻击突袭。

为了充实战斗单位，保存重要的有生力量，彭德怀同志提出缩编的建议，

吴起镇革命旧址

并得到了军委和毛泽东同志的同意。9 月 22 日，第一、三军团和中央军委纵队的团级以上干部在哈达铺的一座关帝庙召开会议。会上毛泽东同志作了政治报告，报告提出："我们要北上，张国焘要南下，张国焘说我们是机会主义，究竟哪个是机会主义？目前，日本帝国主义侵略中国，我们就是要北上抗日。首先到陕北去，那里有刘志丹的红军。我们的路线是正确的。现在我们北上先遣队人数是少一点，但是目标也就小一点，不张扬，大家用不着悲观，我们现在比 1929 年初红四军下井冈山时的人数还多哩！我们现在改称陕甘支队，由彭德怀任司令员，我兼政委。"

部队缩编后，支队之下共编为三个纵队。林彪任支队副司令员兼一纵队司令员，聂荣臻任一纵队政委，左权任参谋长，朱瑞任政治部主任，下辖一、二、四、五、十三大队，即五个团。二纵队由彭德怀兼任司令员，彭雪枫任副司令员，李富春任政委，萧劲光任参谋长。三纵队则为中央军委纵队，由叶剑英任司令员，邓发任政委，蔡树藩任参谋长。全支队由 14000 人编成。在最后，毛泽东同志动员大家要振奋革命精神，继续北上，争取早日同刘志丹等陕北红军会合。

与此同时，蒋介石为了阻止红军北上，紧急调用 20 万大军，在西兰公路和六盘山地区布下两道封锁线，企图阻止红军进入陕北革命根据地。中央红军整编后改称的陕甘支队，行动神速，采取声东击西的战略战术，在六盘山高峰消灭了邓宝珊的一个团，在青石嘴（固原县）击溃了东北军一个骑兵团（二十一团）。

经过二十余天的艰苦奋斗，10月18日，红军由定边县的白马崾崄进入今吴起境内的张户岔，并于下午到达铁边城。当天晚上，毛泽东同志与一纵队一起居住在距离铁边城5公里的张湾子村。

10月19日天未亮，毛泽东同志与陕甘支队一纵队出发，于下午4时进入陕北苏区的大门——吴起镇，并在这里看到了苏维埃政府的牌子，广大红军指战员和战士无不激动万分、欢呼雀跃。至此，红一方面军正式结束了长征。当晚，毛泽东同志住在洛河东岸的新窑院里，周恩来同志住在吴起前街的宗湾子。

当时吴起地广人稀，庄子之间距离较远，镇上也仅住有十一户人家。在那个旧社会，老百姓受尽国民党匪军的骚扰和迫害，因而常常见了军队就搬家躲避。这次中央红军突然来到，他们认为又是国民党军队来打劫了，于是纷纷拖家带口连忙躲藏，只有一些老人和卧床的病人守在家里。

然而，他们看到这些军队尽管衣衫破旧、面色憔悴，可与国民党军队大不相同：部队中人那么多，却不住民房，不吃老百姓一碗饭，甚至还帮老百

长征会师纪念塔

姓担水、打扫院子，一举一动都很有秩序。虽然是外来部队，语言不通，但对大家却十分和善。因此，老百姓纷纷猜测：莫非是老刘（刘志丹）常讲的毛主席领导的红军来了吗？

在得到肯定答复后，躲藏在山中的老百姓陆续都回家了。一传十、十传百，洛河川上下沸腾起来了："咱们的红军来了！我们盼望的救星来了！"老百姓一边竞相通告，一边迎接中央红军。

19日晚上，刚到吴起镇的红军战士即将迎来一场重要的战役。在这场战役中，毛泽东亲自上山指挥，红军战士彻底打垮了敌军的追袭，这场战役的胜利也意味着红军彻底摆脱了蒋介石的"围剿"，它就是著名的吴起镇战役。

吴起镇的"切尾巴"战役 ▶

1935年10月19日，红军顺利到达吴起镇。还未来得及喘息，国民党的四个团就匆匆赶来，企图消灭这支疲惫的队伍。当夜，毛泽东同志不顾军队的疲劳，连夜做出了一系列部署，最终彻底歼灭敌军，粉碎了国民党"围剿"红军的阴谋。

1935年10月初，中央红军以迅雷不及掩耳之势进入甘南地区，蒋介石慌了手脚，即刻调兵遣将，企图"围剿"刚到陕甘地区的中央红军。

1935年10月19日夜，毛泽东主持召开了团以上干部会议，商讨应对国民党军队的作战方案。当时有些干部主张不开战，因为刚刚结束长途行军，战士们都很疲劳，而且刚到吴起镇，对这里情况不熟悉，这场仗红军没有必赢的把握；而等把敌人引进苏区，了解情况之后再打也不迟。

毛泽东则主张要打，他分析指出：我们疲劳，敌人也疲劳，吴起是山区，不利于骑兵作战，况且我们已有打骑兵的经验（主要指在甘肃静宁界石堡消灭东北军三个骑兵连）；此外，我们已经到了陕北革命根据地，有良好的群众基础。鉴于这些有利条件，最后党组织决定不仅要在吴起打这一仗，而且一定要打好，绝不能把敌人带进苏区。

红军将士根据中央军委的部署，先后于10月19日晚、10月20日晨分别进入战地布防。一纵队驻防于吴起镇及二道川塔儿湾以东，埋伏于三道川和二道川与头道川之大峁梁上，主攻敌军左翼，其中四大队埋伏在头道川的杨城子左右山坡上，伺机截断敌军退路。二纵队驻防于吴起镇西北乱石头川的梁台、郭沟门一线，埋伏于头道川与乱石头川之间的山梁上，主攻敌军右翼。三纵队驻防于吴起镇东南宁塞川的宗圪堵至彭沟门一线，埋伏于洛河东侧吴起镇的燕窝梁上，正面迎敌。基于这种口袋战术，红军最终歼灭了来犯的四股敌军。

胜利会师雕塑

国民党军队在何连湾集结后，于10月18日拂晓开始追击红军，以骑兵为主力先行，步兵随后跟进。敌师长白凤翔率六师三个骑兵团，副师长张诚德率三师两个骑兵团（统归白凤翔指挥），三十五师马培清骑兵团熟悉地形，走在最前面。他们日夜兼程，紧随红军，如同红军甩不掉的"尾巴"。10月19日晚上，马培清骑兵团先行进抵铁边城附近宿营，距红军仅十多里。

为了保证红军主力在吴起镇集结，以陈赓为团长的中央干部团承担了狙击敌骑追击的任务。陈赓命肖应棠率三个班共48人在距铁边城约十里的王畔子东西两个山坡上埋伏，伺机歼敌。

10月19日天刚蒙蒙亮，驻在铁边城的马培清骑兵团，派出一个排，顺头道川侦察前进，当敌人进入红军的射程时，肖应棠一声令下，机枪、步枪一齐开火，敌骑措手不及，很快就被打散。随即敌一个连的兵力又向红军阵地扑来，但仍在顷刻之间被打散。午后，敌三十五师骑兵团的一个营在飞机、迫击炮和轻重机枪的掩护下，顺着小沟、愣坎向红军阵地袭来。红军战士以一当十，激战两个小时，再次击退敌骑。红军将士就这样以少数人牵制住了敌军的兵力，给红军主力集结争取了宝贵的时间。

10月20日，敌三十五师骑兵团让开中路，又顺二道川与头道川之间的山梁侦察前进，从侧翼夹攻。下午正准备在二道川刘河湾一线宿营时，遭到红军一纵队的伏击，马培清凭借有利地形，重新将部队驻守在头道川与二道川之间的山梁上，在一块尚未收割的荞麦地里修筑工事，准备在此扼守。

同日，白凤翔率两个骑兵师由正面推进。白部凭借人多、装备精良，气势汹汹地顺头道川奔驰而下。黄昏时分，敌三师两个骑兵团进入红军包围圈，埋伏于杨城子山坡上的红军一纵四大队约600人趁敌不备，突然发起攻击，激战两个多小时，共打死打伤敌军400余人，缴获战马100余匹。

10月21日4时半，毛泽东同志登上洛河以西的平台山（今胜利山）进行动员指挥。7时左右，一纵队二大队在二道川塔儿湾首先对敌三十五师骑兵团发起攻击，大败敌军。至此，战斗全面打响，红军左右两翼配合作战，顺利击退敌军，白凤翔率残部调头逃命，红军追击50余里。与此同时，敌军马培清的骑兵团也在山梁上被红军打得七零八落，率残部向元城子方向逃窜。在齐桥，又遭到埋伏在三道川的一纵二大队的伏击，经过激战，红军歼敌50余人，缴获战马20余匹。

甘肃会宁会师楼遗址

历经两个多小时，红军全歼敌三师的两个骑兵团、敌六师的一个骑兵团，击败敌六师的两个骑兵团和敌三十五师马培清骑兵团，总计打死打伤 600 余人，俘虏 1000 余人，缴获战马 1600 余匹，另外还有迫击炮、重机枪数十门（挺）。而红军战士也牺牲了 200 余人，其中还包括一纵二大队队长李英华同志。

夜深，毛泽东想起白天的战斗，心潮起伏，挥笔写下："山高路远坑深，大军纵横驰奔。谁敢横刀立马，唯我彭大将军！"的诗句，以此赞扬彭德怀杰出的军事指挥才能，表彰他对敌作战英勇无畏的精神。而彭德怀看后，把最后一句改为"唯我英勇红军"，可见其不居功自傲之心。

直罗镇战役，长征的最后一战 ▶

直罗镇战役是红一方面军长征路上的最后一战，这场战役的胜利，打破了国民党军对陕甘苏区的第三次"围剿"。毛泽东曾说直罗镇战役是"给党中央把全国革命大本营放在西北的任务举行了一个奠基礼"。

1935 年 10 月 19 日，中央红军第一、三军团到达陕甘根据地的保安县吴起镇，结束了两万五千里的长征之路。

11 月 3 日，红军成立了西北革命军事委员会，毛泽东任主席，周恩来、彭德怀任副主席。

为粉碎国民党军新的进攻，毛泽东、彭德怀决定集中兵力，向南作战，首先在直罗镇一带歼灭沿葫芦河东进的敌军，而后逐个击破，最终粉碎国民党军两线封锁计划，并以此作为红军向后发展的战略枢纽。

11 月初，敌第五十七军到达太白镇地区后，徘徊不前达半个月之久。红一方面军决定加紧对甘泉之敌的围攻，以迷惑敌人，使之调动第五十七军东进。11 月 17 日，第五十七军以一个师留守太白镇，主力沿葫芦河向鄜县方向前进。19 日，敌先头部队第一○九师到达黑水寺地区，军部及另两个师进到张家湾地区。

面对敌军来袭，红一方面军决定集结主力部队伺机而动，红十五军团派一个营连夜摧毁直罗镇东南端的土围子，以防被敌人利用。19 日下午，红一军团进军至直罗镇地区。

激烈的直罗镇战役

11 月 20 日，在飞机的掩护下，国民党军先头部队第一〇九师兵分三路沿葫芦河谷及南北山地向直罗镇进攻，红军以一部兵力节节抵抗，逐渐将敌诱入直罗镇，进入了红军预设的战场。敌军到达直罗镇、黑水寺后，杀鸡宰羊，大吃大喝，疏于戒备。

红一方面军决定抓住战机，集中两个军团的优势兵力，围歼该敌于直罗镇地区。直罗镇是一个不满百户人家的小镇，三面环山，北边是一条小河，东面山坡筑有土围子，一条东西走向的大道穿镇而过，地形险要，利于设伏。

20 日夜，红一、十五军团分别向直罗镇开进，21 日子夜，红一方面军主力于拂晓时分突然袭击国民党军队。第一军团从正北和西北方向进攻直罗镇北山，切断国民党军队的退路；第十五军团从西南、正南和东南三个方向，进攻直罗镇南山及东南地区，阻止其向东逃窜。激战至 14 时，第一〇九师大部被歼，其残部五百余人退入直罗镇东南土寨负隅顽抗。

这时，国民党军东西两路援军已逼近直罗镇。为了保证继续战斗，红一方面军以少数兵力围困敌第一〇九师残部和阻击西援的第一一七师，主力则向西迎击东援的第一〇六、一一一师。然而，该两师遭遇红军阻击后，因害怕被歼，于 23 日纷纷沿葫芦河西撤。红一方面军乘胜追击，在张家湾地区歼敌第一〇六师一个团。被红军包围在直罗镇东南土寨的敌军第一〇九师残部待援无望，于 23 日午夜分路突围，24 日上午被红军全歼，其师长牛元峰绝望自杀。

直罗镇柏山上的柏山寺塔

　　至此，直罗镇战役胜利结束。红一方面军共歼敌一个师和一个团，毙敌师长牛元峰，俘敌 5300 余人，缴枪 3500 余支，大涨了红军的士气。在战斗中，原红八军团政治委员黄甦不幸牺牲。

　　直罗镇战役的胜利彻底粉碎了国民党军对陕甘苏区的第三次"围剿"，很好地打击了国民党军队的士气，迫使蒋介石调整其战略部署；而且加速了国民党营垒的分化，对以后的西安事变、抗日民族统一战线的形成产生了重要影响；同时，也为红军积蓄和发展新的战斗力量、扩大陕甘革命根据地争取了宝贵的时间。

会宁会师，长征结束 ▶

　　1936 年 10 月，红军三大主力红一、二、四方面军在甘肃会宁成功会师，这是红军长征过程中规模最大、影响最广、意义最深远的一次会师，标志着红军长征彻底胜利，正如徐向前元帅在《历史的回顾》一书中所说："三个方面军会宁大会师，胜利结束了长征，在中国革命史上揭开了新的一页。"

　　自 1934 年 10 月开始，红军的四支部队从江西瑞金等地先后出发，开始了长达万余里的长征。至 1936 年 10 月，红军三大主力（红一方面军、红二方面军、红四方面军）在甘肃会宁会师，保存了约 3 万人。

红色革命基地会宁会师塔

会宁素有"陇秦锁钥"之称，是陇东军事重镇和交通枢纽，兵家必争之地。会师之前，党的革命形势不容乐观，除了有国民党蒋介石的"围剿"，还有张国焘分裂主义路线对革命的干扰。

1936年夏，为了促进抗日民族统一战线的形成，实现全国的抗日战争，中共中央做出了红军三大主力会合的伟大战略决策。会宁北依黄河，东南面紧靠西兰公路，战略位置十分重要。1936年9月，毛泽东同志在陕北保安讨论三大主力红军会师的地点时，就选定了会宁。毛泽东同志说："会宁，好地名，好地名啊！红军会师，中国安宁。"

与此同时，蒋介石命令胡宗南部兼程北上，企图在会宁一带切断红军三大主力会师的道路。中央命令红四方面军前往阻截胡宗南部，但张国焘心生胆怯，不执行北上命令，而是西渡黄河夺取宁夏。红四方面军总政委陈昌浩等人则主张立即北上会宁，与红一方面军会合，共同打击敌人。这一主张获得多数支持并形成决议。

然而，9月20日张国焘赶到前线，情绪激动、眼角流泪，使得前线指挥员重新调整部署，准备西进。对此中央多次复电不同意，再加上西进先头部队了解到黄河对岸已进入大雪封山季节，气候寒冷，道路难行。张国焘无奈之下被迫下令北上与中央红军会合。

1936年10月2日，由红一方面军十五军团直属骑兵团组成的特别支队攻占会宁县城。10日黄昏，红一、四方面军在县城文庙大成殿内举行了隆重的庆祝会师联欢会。由于连日降雨，渭河河水猛涨，加之国民党军队的围追堵截，红二方面军延迟了与红一、四方面军 10 日在会宁县城会师的原定计划。之后，分别于 15 日与红四方面军会师，18 日与红一方面军会师。至此，三大主力红军在会宁实现了全面会师。

甘肃会宁会师楼

从 1934 年 10 月到 1936 年 10 月，经过两年与敌人、与自然的殊死搏斗，中国工农红军在兵力、装备处于绝对劣势且没有后方依靠的情况下，突破乌江天堑、四渡赤水、巧渡金沙江、飞夺泸定桥、跨越高耸入云的雪山、跋涉渺无人烟的草地，历尽艰难险阻，突破了国民党数十万部队的围追堵截，纵横十余省，成功会师。

会宁是长征期间三个方面军齐聚在一起实现大会师的唯一地区，也是红军到达人数最多、停留时间最长的地区之一。会宁会师是红军数次会师中规模最大、影响最广、意义最深远的一次，是长征胜利的标志，是革命力量大团结的典范，是中国革命走向胜利的转折点，是毛泽东军事路线重大胜利、张国焘分裂主义路线彻底失败的标志，更是民族抗战的前沿阵地。作为长征的会合点，会宁与出发地瑞金、转折点遵义、落脚处延安一样，都是中国革命的圣地。